d

Daniela Krien

Der Brand

ROMAN

Diogenes

Covermotiv: Gemälde von André Brasilier, ›Automne‹

Zitatnachweis am Schluss des Buches

www.diogenes.ch
600/21/44/1
ISBN 978 3 257 07048 4

Widerspruch ist ein Grundmoment
des menschlichen Daseins.

Ernst Cassirer

An einem Freitag im August läuft Rahel Wunderlich mit schnellen Schritten die Pulsnitzer Straße Richtung Martin-Luther-Platz entlang. Den ganzen Weg schon fühlt sie sich leicht, fast unbeschwert und überholt die meisten Passanten mit Schwung.

Den Papierkram in der Praxis hat sie erledigt, die Pflanzen gegossen und der Reinigungskraft einen Zettel mit Anweisungen hinterlassen. In ihrer Stammbuchhandlung hat sie ein Buch auf Empfehlung gekauft und eines von Elizabeth Strout, das schon lange auf ihrer Wunschliste stand – eine hochgelobte Mutter-Tochter-Geschichte.

Peter müsste in einer guten Stunde zu Hause sein. Er hat ihr von einem Radebeuler Weingut aus geschrieben, Fotos verschiedener Grau- und Weißburgunder geschickt und gefragt, ob sie mit der Auswahl einverstanden sei. Sie hat sich noch eine Scheurebe dazu gewünscht und ein knappes »ok« zurückbekommen.

Im Hausflur leert sie den Briefkasten und geht die Post durch: Werbung für einen neuen Pizza-Service, die Rechnung des Malers, der kürzlich die Küche renoviert hat, ein förmlich zugestellter Brief von der Stadt: ihr Bußgeldbescheid für den Blitzer vor ein paar Wochen. Neunzig Euro plus fünfundzwanzig Euro Gebühren plus ein Punkt an das Fahreignungsregister. Hätte schlimmer kommen können, sie hatte immerhin eine rote Ampel überfahren.

Rahel steigt die Treppen bis in die zweite Etage des Altbaus hinauf und legt die Briefe auf der Kommode im Korridor ab. Als sie sich die Schuhe abstreift, klingelt das Telefon in ihrem Zimmer. Sie zögert einen Augenblick. Eigentlich muss sie auf die Toilette, doch sie meint, dem Klingeln eine Dringlichkeit anzuhören, die keinen Aufschub duldet.

Während des Anrufs muss sie sich setzen.

Der Mann am Telefon berichtet mit brüchiger Stimme, das Ferienhaus, von Rahel vor Monaten gebucht, sei abgebrannt. Nach fast einem Jahrhundert in Familienbesitz sei das Haus in den Bergen für immer zerstört.

Rahels Mitgefühl bleibt aus. Während der Mann weiter spricht, ihr Informationen zur Rückerstattung der Anzahlung gibt und eine alternative Unterkunft vorschlägt, denkt sie nicht eine Sekunde an den Verlust der Eigentümer, sondern lediglich an Peter und seinen Blick, wenn sie es ihm erzählen wird.

»Also nehmen Sie die Ferienwohnung im Dorf?«, fragt der Mann, nun ganz geschäftsmäßig.

»Nein«, sagt Rahel. »Bitte erstatten Sie uns das Geld zurück.«

Fast zwei Monate lang hatte sie nach einem Quartier wie diesem gesucht. Gleich zu Anfang des Jahres, als die ersten Meldungen über das Virus kamen, hatten sie sich darauf geeinigt, den Sommer im Inland zu bleiben.

Es war der perfekte Treffer gewesen: Eine Hütte in Oberbayern, in den Ammergauer Alpen, in völliger Alleinlage auf einem Wiesenhügel, ein Brunnen mit Pumpe und Steinbecken davor, nur zu erreichen über einen holprigen Serpentinenweg durch den Wald. Kein Internet, kein Fernsehen, keine Ablenkung.

Seit Wochen studiert Peter Karten und stellt Wanderrouten zusammen. Er hat sich teure Trekkingstiefel gekauft, einen Rucksack für Tagestouren, T-Shirts und Hosen aus leicht trocknendem und regenabweisendem Material, eine erstklassige

Jacke einer Schweizer Firma und spezielle, fußstabilisierende Socken. Und auch Rahel hat sich aufwendig ausgerüstet und in Vorbereitung der Wanderungen fast täglich Sport getrieben.

In drei Tagen wären sie gefahren. Unmöglich, auf die Schnelle etwas Vergleichbares zu finden, nicht in diesem Jahr, nicht unter den gegebenen Bedingungen. Ohne große Hoffnung gibt sie auf einer Website für Ferienwohnungen ihre Wünsche ein. Null Treffer. Sie versucht es auf einer weiteren – mit dem gleichen Ergebnis.

Dann ruft sie die Seite der Berghütte auf. Sie klickt sich von Bild zu Bild, von den Geranien in den Balkonkästen zu der kleinen Veranda mit Blick auf das gegenüberliegende Bergmassiv und wieder zum Haus, diesmal aus einer anderen Perspektive. Dann zu dem steinernen Brunnenbecken und den bunten Wildblumen auf der Wiese, und plötzlich kann sie das lodernde Feuer auf dem Berg sehen. Sie sieht fliehende Tiere und eine Rauchsäule, die in den nächtlichen Sternenhimmel steigt, und mittendrin Peter und sich – wie auf einem Scheiterhaufen.

Wäre das Ganze vor zehn Jahren passiert, hätten sie gemeinsam darüber den Kopf geschüttelt. »Wer weiß, wofür es gut ist …«, hätte Peter vermutlich gesagt und sie getröstet. Doch die Gelassenheit war ihm abhandengekommen. Sein feiner Humor kippt nun öfter ins Zynische, und an die Stelle ihrer lebhaften Gespräche ist eine distinguierte Freundlichkeit getreten. Damit einhergehend – und das ist das Schlimmste – hat er aufgehört, mit ihr zu schlafen.

Eine halbe Stunde ist seit dem Anruf vergangen. Rahel steht am Fenster ihres Zimmers und wippt barfuß auf den Zehenballen auf und ab. Ihr von Grau durchsetztes schwarzes Haar trägt sie hochgesteckt. Das Leben draußen, die Stimmen der Jugendlichen, die sich auf den Bänken vor der Kirche versammelt haben, nimmt sie wie von ferne wahr. Die Enttäuschung hat sie kraftlos gemacht.

Als das Telefon erneut klingelt, rührt sie sich nicht. Mit geschlossenen Augen wartet sie, dass es aufhört.

Aber es hört nicht auf.

Sie wirft einen Blick auf das Display: Es ist Ruth. Unwillkürlich strafft Rahel die Schultern, räuspert sich, prüft den Ausdruck ihres Gesichts im Spiegel neben dem Schreibtisch und nimmt den Hörer ab.

Schon an der Begrüßung hört sie die Veränderung in Ruths Stimme – das zackig Selbstbewusste fehlt. Dennoch kommt sie ohne Umschweife zur Sache: Viktor habe vor ein paar Tagen einen Schlaganfall erlitten. Es sei alles so viel gewesen, darum melde sie sich erst jetzt. Seit heute befinde er sich für sechs Wochen in der Rehaklinik Ahrenshoop. Dort sei unverhofft ein Platz frei geworden. Sie wolle ihn unterstützen, habe auch schon eine Unterkunft gefunden bei ihrer gemeinsamen Freundin Frauke, einer Malerin, die in Ahrenshoop lebe. Nun suche sie jemanden, der sich um das Haus und die Tiere in Dorotheenfelde kümmern würde. Es sei sonst nicht ihre Art, zu bitten, aber –

Sie bricht ab, setzt erneut an: Ob Rahel und Peter die ersten beiden Wochen übernehmen könnten. Viktor und sie wären überaus dankbar.

Beinahe hätte Rahel *Nein* gesagt. *Nein, das geht leider nicht. Wir fahren in die Berge.* Doch dann fällt ihr der Brand wieder ein, und sie antwortet: »Ja natürlich, das machen wir gern. Und wenn du willst, bleiben wir drei Wochen.«

* * *

Peter schweigt. Er schüttelt den Kopf, hebt ratlos die Hände.

»Das kann doch nicht wahr sein!«, entfährt es ihm schließlich. »Wie hoch ist die Wahrscheinlichkeit, dass man ausgerechnet die eine Ferienunterkunft bucht, die kurz vor der Anreise abbrennt?«

Dann geht er mit gesenktem Kopf in sein Zimmer hinüber. Früher war es Selmas Zimmer gewesen. Nach ihrem Auszug war Simon nachgerückt, und als auch er das elterliche Nest verlassen hatte, war Peter gefolgt. Simons altes Zimmer dient als Gästezimmer, Peters ursprüngliches Arbeitszimmer gehört nun Rahel. Die Neuaufteilung der Wohnung haben sie gleich nach Simons Auszug vorgenommen. Eine Weile haben sie nach einer kleineren Bleibe gesucht, aber alle Wohnungen, die in Betracht kamen, waren trotz der geringeren Fläche teurer und dabei schlechter gelegen. Hier grenzte die Äußere Neustadt an die Radeberger Vorstadt, und sie gelangten ebenso schnell an die Elbwiesen wie in die Dresdner Heide; darauf wollten sie nicht verzichten.

Für den Augenblick atmet sie auf. Noch weiß sie nicht, wie sie ihm die Zusage für Dorotheenfelde beibringen soll. Sie geht zum Fenster, beugt sich ein Stück hinaus, blickt auf die Passanten hinunter und hört plötzlich Peters Stimme hinter sich.

»Was machen wir jetzt, hm?«, fragt er. Er setzt sich auf die nachtblaue Chaiselongue, die sich Rahel erst kürzlich gekauft hat.

Sie zögert die Antwort hinaus, doch schließlich siegt ihr Pragmatismus.

»Wir fahren in die Uckermark nach Dorotheenfelde, schon morgen.«

Ihr Lächeln verrutscht, ihr Blick hält seinem nicht stand. Während sie ihre lackierten Fußnägel betrachtet, erzählt sie ihm von Ruths Anruf. Peter macht ein Geräusch, als habe er sich verschluckt.

»Ohne mich zu fragen …«, sagt er und erhebt sich. »So weit sind wir jetzt also gekommen.«

Ihre Füße stehen wie festgeklebt am Boden, die Zunge lässt sich nicht vom Gaumen lösen, und Peter verlässt das Zimmer mit dem Gesichtsausdruck eines Besiegten.

Rahel setzt sich auf die Chaiselongue, genau auf die Stelle, wo er gesessen hat. Dann streckt sie sich aus und legt einen Arm über die Augen. Sie blickt nach innen und wünscht sich sogleich, es nicht getan zu haben.

Später, als sie wahllos Kleider aus dem Schrank nimmt und in den Koffer packt, denkt sie an Ruth. Ihr Gesicht steht ihr lebhaft vor Augen. Über die Jahre haben sich winzige Verschiebungen in die Symmetrie ihrer Züge eingeschlichen, doch noch immer tritt Ruth nie anders auf als tadellos zurechtgemacht. Besonders an schlechten Tagen ist die äußere Vollendung ihre Rüstung gegen die Zumutungen der Welt. Seit jeher schien diese Haltung auch auf Rahel überzugreifen. Nie hat sie sich gehenlassen in Ruths Anwesenheit, nie nachlässig gekleidet oder bewegt. Diese unhinterfragte Disziplin hatte Ruth in den Jahren auf der Palucca-Schule verinnerlicht. Sie und Rahels Mutter Edith hatten als Kinder ihre klassische Tanzausbildung zur gleichen Zeit begonnen. Edith hatte nach drei Jahren hingeschmissen, Ruth war geblieben. Die Freundschaft der Mädchen hielt, bis sie erwachsen waren.

Rahels Verhältnis zu Viktor und Ruth ist bruchlos und so alt wie sie selbst. Bei ihnen in Dorotheenfelde kam ihr Leben zur Ruhe. Ediths rastloses Dasein, das Rahel und ihrer Schwester Tamara eine Kindheit mit wechselnden Stiefvätern, etlichen Umzügen kreuz und quer durch Dresden und verschiedenen Schulen beschert hatte, war wie ein Sturm auf hoher See gewesen, und obwohl auch Dorotheenfelde kein dauerhafter Hafen wurde, so hatte es hier doch immerhin heilsame Flauten gegeben.

An den Tagen in Dorotheenfelde waren Edith und Ruth unzertrennlich. Die Bindung der Freundinnen war trotz aller Gegensätze eng, und als vor ein paar Jahren der Krebs in Ediths Körper zum dritten und letzten Mal ausbrach, ist Ruth gekommen und geblieben. Bis zum Schluss.

* * *

Sie fahren ohne Pause durch. Drei Stunden und dreizehn Minuten hat das Navi ihnen angezeigt; Peter fand, das sei eine gute Zeit.

Unterwegs ruft sie die Kinder an und stellt das Telefon laut. Selma hat den quengelnden Max auf dem Arm. Sein Quäken übertönt Selmas Stimme.

»Tut mir schrecklich leid, dass ihr jetzt woanders Urlaub machen müsst, Mama!«, schreit sie ins Telefon, »wenn ich heute gegen Mitternacht mal ne Minute für mich hab, bedaure ich euch.« Dann legt sie auf.

Peter beschwichtigt sofort. »Lass sie! Sie hat zwei Kleinkinder zu versorgen.«

»Sie hat einen Mann, der sich beide Beine für sie ausreißen würde.«

»Klingt, als wärst du neidisch.«

Rahel beschließt, nicht darauf einzugehen, und wählt Simons Nummer.

»Wetten, er geht nicht ran?« Peter schmunzelt. Es ist das erste Lächeln seit Tagen, und obwohl ihr der Anlass nicht gefällt, wird ihr leichter ums Herz. Nach dem dreizehnten Klingeln legt sie auf.

»Wozu hat er eigentlich ein Telefon?«, schimpft sie.

»Er wird irgendwo im Gebirge unterwegs sein.«

Rahel nickt und lässt das Telefon in ihre Tasche zurückgleiten.

Kurz nach dem Ortsausgangsschild des Dorfs biegen sie rechts in einen Weg ein. Das Sackgassenschild ist verblichen und steht schief. Bevor Viktor den Führerschein endgültig abgeben musste, ist er ein paar Mal dagegengefahren. Sie ruckeln über den alten Plattenweg, in dessen Mitte das Gras wuchert, dann enden auch die Platten, und sie fahren über Kies und Sand die leichte Anhöhe hinauf.

Ruth steht in der Einfahrt. Groß, gerade und in einem tief dekolletierten Kleid, das ihren beeindruckenden Busen betont. Keine Spur von Altersschwäche, obwohl sie nun auch schon fast siebzig ist. Rahel steigt aus und geht ihr entgegen, während Peter das Auto in den Hof fährt und parkt.

Neben dem Haupthaus schließen sich links die Stallungen an, rechts eine große Scheune. Nach Kriegsende lebten Flüchtlinge hier, später beherbergte der Gutshof die örtliche LPG-Verwaltung, und danach lebten Viktor und Ruth mit zwei weiteren Familien in dem alten Haus des Verwalters – mit Ofenheizung und Plumpsklo. In den frühen 70ern war die erste Familie weggezogen, Anfang der 80er die andere.

Nach der Wende kauften Viktor und Ruth den mittlerweile halb verfallenen Hof und sanierten ihn über viele Jahre hinweg Stück für Stück. Nun beginnt er erneut zu verfallen.

Ruth entzieht sich der Umarmung. »Ich bin ganz verschwitzt«, sagt sie und läuft los, um auch Peter zu begrüßen.

Auf dem Gartentisch stehen eine Wasserkaraffe, ein Kuchenteller mit einer Insektenschutzhaube und Kaffee in einer Thermoskanne. Ruth schenkt ein und beginnt von Viktor zu erzählen. Während sie spricht, fragt sich Rahel, ob sie eines Tages in ebenso liebevoller Weise über Peter reden würde. Tiefe Verbundenheit leuchtet aus Ruths Worten, und Rahel spürt Peters Blick auf sich gerichtet.

Nach dem Kaffee holen sie das Gepäck aus dem Auto und folgen Ruth die Treppen hinauf. Im ersten Stock weist sie nach rechts auf ein Zimmer am Ende des Gangs.

»Am besten schlaft ihr dort, im Nordostzimmer. Es ist schön kühl darin. Oder aber …«, sie zeigt in die entgegengesetzte Richtung, »… ihr nehmt das Zimmer da hinten. Südwest, von dort sieht man den See zwischen den Bäumen durchschimmern. Aber was rede ich, ihr kennt euch ja aus.«

Dann dreht sie sich um und steigt die Treppen wieder hinunter. Ohne sich anzusehen, gehen sie auseinander – Peter nach Nordost, Rahel nach Südwest. Sie schließen ihre Türen leise.

Später weist Ruth sie ein. Allein das Gießen aller Pflanzen braucht eine gute Stunde pro Tag, sie sollen sich aus den Tonnen bedienen, die rund ums Haus Regenwasser auffangen.

Viktors Atelier liegt im vorderen Teil der Scheune, doch sie betreten es nicht. In den letzten Jahren, erzählt Ruth, seien seine Arbeiten kleiner geworden. Seine körperliche Kraft habe nachgelassen, seine handwerkliche und imaginäre keineswegs.

Die Tiere sind der schwierigste Teil. Weder Peter noch Rahel hat je mit Tieren zu tun gehabt. Nun liegt das Wohl eines Pferdes, einiger Katzen, eines Dutzends Hühner und eines flugunfähigen Weißstorchs in ihren Händen.

Sie umrunden einmal den ganzen Hof. Ein Fenster vom Stall soll immer offen bleiben, damit die Schwalben ungehindert hinein und wieder heraus fliegen können. Im Hühnergarten hinter dem Stall tragen die Apfelbäume reiche Frucht. Der Maschendrahtzaun ist hier und da notdürftig geflickt. An allen Ecken und Enden gäbe es Arbeit. Die zahlreichen Rosenstöcke an der Scheunenwand im Innenhof sind lange nicht geschnitten worden, der rankende Wein unter dem Vordach des Stalls verdorrt, drei kaputte Fenster zählt Rahel während des Rundgangs, und überall liegen Laub und dürre Äste noch aus dem letzten Jahr.

Ruth gibt sich, als wäre alles in Ordnung.

Plötzlich schaut sie schräg in den Himmel.

»Gleich sieben«, sagt sie. »Zeit fürs Abendessen.«

Sie essen im Innenhof an einem schön gedeckten Tisch, während die einbrechende Dunkelheit die Zeichen des Verfalls verschluckt. Es gibt Soljanka, Brot, Rotwein und Wasser, und Peter sagt in einem Augenblick höchster Zufriedenheit in breitem Sächsisch: »Eimannfrei!«

Ruth bricht in schallendes Lachen aus, von dem auch Rahel sich anstecken lässt, und beide wiederholen das Wort im Chor, *Eimannfrei*, und in Rahel blitzt eine Erinnerung auf.

Es ist gar nicht so lange her, zwei Jahre vielleicht, da haben sie auch hier gesessen und gelacht, mit Viktor und Ruth und Simon, und es gab Soljanka, Brot und Wein. Simon trank keinen Alkohol und, von Viktor darauf angesprochen, erklärte er den Grund. Rahel und Peter wussten es schon. Nach dem Studium der Sportwissenschaft an der Bundeswehruni wollte ihr Sohn die Aufnahmeprüfung zum Heeresbergführer machen. Etwa zwei bis drei Jahre benötigte er, um sich vorzubereiten. Klettern und Skifahren auf höchstem Niveau im unwegsamen hochalpinen Gelände bei schwierigsten

Wetterbedingungen gehörten zum Training ebenso dazu wie Ausdauer und mentale Stärke. Für ihn begann das Ganze mit dem Verzicht auf Alkohol. Schon die Entscheidung für die Offizierslaufbahn des Truppendienstes hatte Rahel entsetzt. Ihr Sohn als Zugführer einer Gebirgsjägertruppe war ein weiterer Schock gewesen. Seine Beteuerungen, dass das Ganze eine eher sportliche Herausforderung bedeute, beruhigten sie nicht. Viktor war an jenem Nachmittag ebenso wenig überzeugt. »Und dann hältst du im Ernstfall deinen Kopf für dieses Land hin«, rief er fassungslos. »Es wird dir niemand lohnen.«

Manchmal ist Ruth ihr unheimlich. Als hätte sie Rahels Gedanken gelesen, fragt sie plötzlich nach Simon.

»Immer noch in München an der Bundeswehruni«, antwortet Peter.

»Er hat mich noch gar nicht zurückgerufen, unser Offiziersanwärter«, murmelt Rahel mit sorgenvollem Blick auf ihr Telefon. Dann öffnet sie den Ordner mit den Fotos, von denen die meisten ihre Kinder oder Enkel zeigen, doch Ruths Kommentare beschränken sich auf höfliche Floskeln. An den passenden Stellen sagt sie mit tiefer Stimme *Ach ja* und *Wie schön* und *Aha,* doch ihr Blick irrt immer wieder ab, und ihr Lachen klingt nicht echt. Sie gähnt hinter vorgehaltener Hand und kündigt an, früh aufbrechen zu wollen.

»Ihr müsst nicht mit mir aufstehen. Wir verabschieden uns jetzt, und dann ist gut«, sagt sie mit ihrer üblichen Bestimmtheit.

Woche 1

Montag

Als Rahel aufsteht, ist es kurz vor acht. Sie muss den Wecker ausgemacht haben, kann sich jedoch nicht daran erinnern. Viel Schlaf hat sie nicht bekommen. Erst gegen ein Uhr nachts hat Simon ihre Nachricht beantwortet.

Hey Mama, tut mir ehrlich leid, dass Bayern nicht klappt. Ich wäre auf jeden Fall vorbeigekommen und hätte euch ein paar schöne Routen gezeigt. Naja, ein andermal! Mir geht's gut. Trainiere gerade im Karwendel-Gebirge. Grüß alle von mir! Simon

Für den Augenblick war sie erleichtert, aber sie wusste natürlich, dass ihn das Risiko immer begleiten würde. Die nächtlichen Angstdämonen hatten ihr Bilder seines zerschmetterten Körpers vorgegaukelt.

Hin und wieder kommen sie in ihre Praxis – die Mutter, deren einziges Kind beim Überqueren einer Straße überfahren worden ist, oder der Vater, der seine Tochter in der Ostsee hat untergehen sehen. Wie erloschene Lichter sitzen sie vor ihr, zu freudlos für das Leben, zu kraftlos, um sich umzubringen.

Rahel steht auf, geht ins Badezimmer nach nebenan und nimmt ihre Aufbissschiene aus dem Mund. Auch sie würde zu einer dieser ausgeglühten Existenzen, wenn eins ihrer Kinder ums Leben käme. Sie schüttelt den Gedanken ab, reinigt die Schiene, steckt sie zurück in die Plastikbox und trinkt aus dem Wasserhahn. Dann geht sie in ihr Zimmer, tauscht das Nachthemd gegen ein schwarzes Leinenkleid und sieht aus dem Fenster. Eine Gestalt verschwindet im Wald Richtung See. Rahel holt ihre Brille vom Nachttisch und sieht erneut hinaus. Der Mensch ist verschwunden, nur der Storch stakst mit eingezogenem Kopf hinterm Haus entlang.

»Schlangen, Mäuse, Maulwürfe. Lebend natürlich«, hat Ruth auf die Frage nach den Fressgewohnheiten des Storchs geantwortet und keine Miene dabei verzogen. Nachdem sie die verdutzten Gesichter ausreichend genossen hat, ist doch ein Lächeln über ihr Gesicht gehuscht. »Ihr könnt aber auch die kleinen Fische nehmen, die im Kühlschrank liegen. Oder die Küken und Mäuse aus der Tiefkühltruhe. Und sollte es mal wieder regnen, dann könnt ihr die Schnecken von den Lupinen und den Funkien absammeln – der Storch wird's euch danken.«

Das Tier hat keinen Namen.

Barfuß geht Rahel den langen Flur zu Peters Zimmer hinüber. Sie klopft und wartet, klopft noch einmal, dann tritt sie ein. Die Fenster stehen weit offen, im Holunderstrauch, dessen Äste beinahe bis in den Raum hereinreichen, krakeelen die Spatzen, sein Bett ist leer, die Bettdecke ordentlich gefaltet. Sie setzt sich auf die Kante und fährt mit der Hand unter die Decke, um seiner Wärme nachzuspüren. Doch das Laken fühlt sich glatt und kühl an.

Auf dem Schreibtisch hat er die Bücher gestapelt, die er lesen will: *Propaganda* von Steffen Kopetzky, den ersten Band von Ricarda Huchs *Im alten Reich. Lebensbilder deutscher Städte,* die gesammelten *Essays* von Montaigne, die *Sämtlichen Gedichte* von Tomas Tranströmer, Pier Paolo Pasolinis *Freibeuterschriften* und *Der Waldgang* von Ernst Jünger.

In der Mitte liegt ein frisch gespitzter Bleistift auf einem neuen Heft, dahinter seine Brille und eine Packung Taschentücher. Aus irgendeinem Grund löst dieses sorgfältige Arrangement eine tiefe Rührung in ihr aus. Sie verlässt das Zimmer, ohne eine Spur zu hinterlassen, und geht die Treppe hinunter.

Etwas ratlos betritt sie die Küche. Was gäbe sie jetzt für einen Cappuccino aus ihrer eigenen Maschine, mit cremigem Milchschaum und einer Prise braunem Zucker. Sie geht umher, öffnet Schränke, und begreift langsam die Ordnung hinter Ruths scheinbarem Chaos. Eine Kaffeemaschine gibt es nicht, nur eine Pressstempelkanne. Ruth und Viktor sind leidenschaftliche Grünteetrinker. Die große Auswahl an Kannen, Tees und Trinkschalen war Peter gleich nach der Ankunft mit Freude aufgefallen.

Sie spült die Stempelkanne mit heißem Wasser aus und findet Kaffeepulver in einer schwarzen Blechdose. Sie schnuppert daran, es scheint frisch zu sein. Dann hört sie die Haustür ins Schloss fallen und gleich darauf Peters Schritte im Flur. In guter Stimmung kommt er zur Tür herein und berichtet von seinem Bad im See.

»Ach, du warst der Mensch im Wald«, sagt sie.

Er nickt. »Ich war der einzige Schwimmer im ganzen großen See.«

»Soll ich dir Tee aufgießen?«, fragt sie und legt die Hand an seinen Arm.

»Nein, das mache ich selbst.«

Während Peter begeistert entdeckt, dass der Wasserkocher über eine Temperatureinstellung verfügt und der Tee somit problemlos bei 70 Grad aufgegossen werden kann, kocht Rahel Porridge. Unterdessen verteilen sie die Aufgaben. Peter, der nie etwas für Tiere übriggehabt und auf das Bitten und Betteln der Kinder um ein Haustier stets mit unnachgiebiger Ablehnung reagiert hat, verkündet zu ihrem Erstaunen:

»Ich übernehme die Tiere.«

Rahel ist froh darüber. Der Garten ist ihr lieber.

Peter verlässt den Frühstückstisch eilig. Sie sieht ihn Richtung Stall laufen, wo er kurz darauf mit dem gehalfterten Pferd wieder herauskommt.

Das Pferd ist eine dreiundzwanzig Jahre alte Fuchsstute namens Baila. Seit fünf Jahren bekommt sie hier ihr Gnadenbrot, nachdem sie wegen einer Verletzung aus dem Springsport ausscheiden musste. Sie trottet hinter Peter her und scheint wenig davon angetan zu sein, auf die Koppel umzuziehen. Immer wieder bleibt Baila stehen, legt die Ohren an und stemmt die Hufe in den Boden. Ziehen und gut Zureden bleiben wirkungslos. Plötzlich nimmt Peter den Halfterstrick, wirbelt ihn herum, gibt der störrischen Baila mit dem Strickende eins auf den Po, und schon setzt sie sich in Bewegung und läuft ordentlich neben ihm her.

Wenig später beobachtet sie ihn beim Füttern des Storchs. Er bekommt seinen Fisch in einer Plastikschüssel serviert und macht sich gierig darüber her. Die Hühner hat Ruth noch vor ihrer Abfahrt herausgelassen und gefüttert, und auch die Katzen scheinen satt und zufrieden zu sein. Sie liegen und streunen im Hof herum oder schlüpfen durch eine Katzenklappe ins Haus, wo sie sich im Untergeschoss verteilen.

Rahel lässt das Geschirr in der Küche stehen und geht nach draußen. Sie nimmt sich eine Gießkanne, doch die Regenfässer sind leer. Auch in dieser Region werden die Sommer heißer, trockener, staubiger. In den Wäldern sterben die Fichten und Buchen, und schon im August sieht es aus wie im Herbst. Sie dreht den Wasserhahn neben der Eingangstür auf, rollt den daran befestigten Schlauch ab und beginnt das Wässern bei jenen Pflanzen, die ihres Erachtens die besten Überlebenschancen haben. Gartenhibiskus, Stockrosen, ein Rhododendron, diverse Hortensien, Ringelblumen und Herzblattlilien neigen sich zwar schlaff zu Boden, richten sich aber nach einer Weile wieder auf. Lediglich der Lavendel gedeiht auch ohne Hilfe prächtig und bildet herrlich duftende Inseln. Wie die bald siebzigjährige Ruth und ihr zehn Jahre älterer Mann das Haus und den Hof bewältigen, ist ihr ein Rätsel, und sie mag sich kaum ausmalen, was passieren wird, wenn sich Viktor nicht erholt.

Bis zum Mittagessen ist Peter beschäftigt. Rahel hat den Inhalt des Gemüsefachs auf dem Tisch ausgebreitet, die vergammelten Sachen weggeschmissen und beschlossen, aus dem Rest eine Suppe zu kochen. Brot ist noch reichlich da. Sie deckt den Tisch draußen, spannt den Sonnenschirm auf, wässert den tönernen Weinkühler, bis er sich dunkel färbt, und wählt aus ihren mitgebrachten Weinen einen Weißburgunder.

Im Kühlschrank findet sie noch zwei Lammknacker, die sie mit einem Seufzer beide Peter überlässt. Seit einiger Zeit isst sie weniger, um ihre Figur zu halten.

Während des Essens kündigt Peter an, mit Baila am Nachmittag einen längeren Spaziergang unternehmen zu wollen. Ruth habe ihm aufgetragen, die Stute mindestens eine Stunde pro Tag zu bewegen. Er schaut Rahel dabei nicht an und fragt auch nicht, ob sie ihn begleiten möchte.

Beim Geschirrabräumen fällt ihm ein Glas zu Boden. Es zerbricht auf den Steinen vor der Haustür. Peter hält in der Bewegung inne, sein Blick auf den Splittern, die sich am Boden verteilt haben. Sekundenlang rührt er sich nicht, schaut nur, und es ist dieser Blick, der sie zurückhält, ihm zu helfen.

Rahel wendet sich ab. Ein Sonnenstrahl trifft ihr Gesicht, sie schließt die Augen. Als sie sie wieder öffnet, hockt er mit einem Handfeger am Boden und fegt die Scherben zusammen.

Peter macht sich mit Baila auf den Weg, Rahel streift durchs Haus. Seit mehr als hundertfünfzig Jahren steht es hier, wie ein Organismus mit eigenen Gesetzen nimmt es immer wieder neue Menschen auf, umhüllt sie, verleibt sie sich ein, durchdringt sie, wirkt erst in ihnen und schließlich durch sie.

Das helle Holz der Böden hat tiefe Kratzer, die Terrakottafliesen in der Küche sind teils gesprungen, teils abgeplatzt, freie Flächen gibt es nicht. Alles Waagerechte ist belegt – jeder Fenstersims, jede Kommode, jeder Tisch trägt Stapel von Zeitungsartikeln, Ausstellungskatalogen, Büchern, Fotos, CDs, Notizen, Skizzen und Heerscharen geschnitzter Figuren für die Kinder, die Ruth nie geboren hat.

Rahel erkennt jene wieder, die Viktor damals für sie gemacht hat. Eine davon – eine Elfe – nimmt sie mit auf ihren Rundgang.

Als im Korridor das Telefon klingelt, zögert sie. Ruth hat keine Instruktion für eventuelle Anrufe gegeben. Der Apparat ist neu. Die Bedienungsanleitung und der Kassenzettel liegen daneben. Bevor der Anrufbeantworter anspringen kann, geht sie ran.

»Hallo Rahel«, sagt Ruth. »Ich bin gut bei Viktor angekommen und soll dich sehr herzlich von ihm grüßen. Er hat es mir dreimal gesagt, es scheint ihm ausgesprochen wichtig zu sein.«

»Danke! Wie geht es ihm?«

»Den Umständen entsprechend. Höre, ich muss leider gleich wieder auflegen, weil ein Arzt wegen des Therapieplans vorbeikommt. Sag schnell, wie geht es den Tieren?«

»Gut! Sehr gut! Mach dir keine Sorgen, wir haben alles im Griff.«

»Das freut mich. Ich rufe wieder an. Ade, meine Liebe, und grüß Peter.«

»Mach ich.«

Als Ruth aufgelegt hat, fallen Rahel all die Fragen ein, die sie hätte stellen sollen.

Wo ist der Staubsauger? Wann kommt die Müllabfuhr? Soll ich dir die Post nachsenden?

Einen Augenblick verharrt sie vor dem Apparat, dann steckt sie die Elfe in die Tasche ihres Kleids, tritt aus dem Haus, überquert den Hof und öffnet die Tür zu Viktors Atelier.

Weit hinten im Raum, wo das Sonnenlicht nicht hinreicht, steht eine lebensgroße Skulptur auf einem Sockel. Eine nackte Frau, mit leicht auseinanderstehenden Beinen, Oberkörper und Arme nach hinten gebogen. Eine Tänzerinnenpose oder ein Ausdruck von enormem Schmerz. Rahel tritt näher und erschrickt: Zwischen den Beinen, direkt unter dem Schambereich, hat eine große Spinne ihr Netz gewebt. Abgestoßen und fasziniert zugleich beobachtet Rahel das Tier, das sich plötzlich zurückzieht.

Sie holt sich einen Stuhl, um das Gesicht der Skulptur näher betrachten zu können. Kein Zweifel, es ist Ruth. Nicht die heutige Ruth, sondern Ruth als junge Frau, Ruth vor ihrer Ehe, als Tänzerin, als Muse des Künstlers Viktor Kolbe.

Rechts an der Wand hängen ordentlich aufgereiht die Meißel. Es müssen an die hundert sein. Auf einer Werkbank steht ein geöffneter Kasten mit Schnitzmessern und daneben einige begonnene Arbeiten, fast alle religiös anmutend. Auch ein Buch liegt da: *Aufrichtige Erzählungen eines russischen Pilgers.* Auf einem Zettel steht in Viktors expressiver Schrift: *Betet ohne Unterlass!* und: *Herr Jesus Christus, erbarme dich meiner.*

Verwundert blättert sie ein wenig in dem Pilgerbuch. Soweit sie weiß, ist Viktor nicht gläubig.

Sie legt es zurück und verlässt die Werkstatt in einer eigenartig bedrückten Stimmung.

Aus ihrem Zimmer holt sie ein Handtuch, legt es sich um die Schultern und schlägt den Weg zum See ein. Die Stimmen von Jugendlichen dringen von einer Badestelle am anderen Ufer zu ihr herüber, doch auf ihrer Seite ist sie allein. Wie üblich badet sie nackt. Das kühle, saubere Wasser umhüllt ihren Körper, und es ist dieser Moment des Eintauchens, den sie liebt, wenn die irdischen Geräusche verschwinden und vollkommene Stille sie umfängt.

Auf dem Rückweg versucht sie sich vorzustellen, was sie jetzt wohl in Bayern täten. Doch kein Bild stellt sich ein.

Peter sitzt im Hof auf einer Schattenbank. Er hat sich den Hut tief ins Gesicht gezogen, die Arme verschränkt und scheint zu dösen. Als sie sich nähert, hebt er den Kopf.

Sie sitzen nebeneinander, ohne sich zu berühren. Als er von seinem Spaziergang mit Baila erzählt, bringt er Rahel zum Lachen. Am Anfang habe die Stute so getan, als ob sie lahmte. Immer wieder sei sie stehen geblieben, habe den Kopf hochgeworfen oder versucht, das Gras am Wegesrand zu fressen. Auf dem Rückweg jedoch sei sie plötzlich getrabt, und Peter habe Mühe gehabt, mit ihrem Tempo Schritt zu halten.

Gerade als Rahel ihm von dem Fund im Atelier

berichten will, steht er auf und sagt: »Ich leg mich kurz hin.«

»Ist gut«, entgegnet sie, ohne es so zu meinen.

* * *

Vor dem Abendessen spickt Rahel zwei Zitronenhälften mit Gewürznelken und legt sie gegen die Wespen draußen auf den Tisch. Im Kühlschrank findet sie einen Rest Rinderschinken, einen kleinen Ziegenweichkäse und ein paar Oliven. Morgen müssen sie einkaufen fahren.

Ihr ist nach Rotwein zumute, doch die Aussicht auf den darauffolgenden schlechten Schlaf verdirbt ihr die Lust.

Sie trägt das Tablett mit Geschirr hinaus, deckt den Tisch und sieht Peter aus der Haustür kommen. Er hat drei große Dosen Katzenfutter bei sich und verteilt sie auf mehrere Näpfe. Dann setzt er sich im Abstand von einigen Metern auf den Boden und schaut der Meute beim Fressen zu. Eine kleine Katze mit rotbraunem Fell, der ein Ohr fehlt, versucht vergeblich, ans Futter zu gelangen. Peter scheucht die anderen auseinander, holt einen der Näpfe, schnappt sich die Rotbraune und geht mit ihr ein gutes Stück abseits, wo sie von ihm bewacht ungestört fressen kann.

»Du untergräbst die Hackordnung«, ruft Rahel ihm zu. Er nickt und sieht dabei sehr zufrieden aus.

Nach dem Essen schiebt er seinen Teller in die Mitte des Tischs, nimmt einen großen Schluck von seinem Bier, stellt die Flasche ab, macht die Beine lang und verschränkt die Hände hinter dem Kopf – eine Haltung, die Rahel schon bei vielen Männern, aber noch nie zuvor an Peter gesehen hat.

»Eigentlich gut, dass Bayern nicht geklappt hat, findest du nicht?«, fragt er, und obwohl auch ihr dieser Gedanke schon gekommen ist, erwidert sie: »Nein. Ich wüsste nicht, was daran gut sein sollte.«

Ernst sieht er sie an. Dann richtet er sich auf, trinkt zügig sein Bier aus und beginnt mit dem Abräumen des Geschirrs.

Rahel bleibt so lange draußen sitzen, bis sich ihre Augen an die Dunkelheit gewöhnt haben. Der Mond beleuchtet den Hof gut genug, sodass sie Umrisse erkennen und die zahlreichen Fledermäuse vorbeihuschen sehen kann. Heute und an den kommenden Tagen erreichen die Perseiden ihren Höhepunkt. Wie gern würde sie jetzt mit Peter zusammen in den Himmel schauen und später, vielleicht, mit ihm schlafen.

Seine Verweigerung quält sie.

Schon vor der Sache an der Uni war Rahel wachsam geworden. Es war die Art, wie sie Sex hatten, und dass die Initiative fast immer von ihr ausging – sie kannte die Zeichen. Etliche Male hatten Klienten ihr davon berichtet, wie ihnen die Sexualität abhanden gekommen war. Aus Liebe wurde liebevolle Freundschaft, und ein Zurück gab es selten.

Mitunter begann Peter direkt nach dem Orgasmus über irgendein Thema zu reden, das ihn gerade beschäftigte. Dann wieder sah er sie so merkwürdig milde an. Blicke ohne Begehren, die ihren Körper erschlaffen ließen. Als dann erste Anzeichen des Klimakteriums bei ihr auftraten, wurde sie bilderbuchmäßig in wechselnde Stimmungen geworfen. Es hatte Momente gegeben, in denen sie von Lust erfüllt in der Uni anrief und Peter nach Hause lockte. Anderentags waren ihr seine Berührungen unerträglich gewesen. Manchmal wollte sie ihn mehrmals täglich, und als er anfing, sich ihrem Begehren zu entziehen, fragte sie ihn ängstlich nach einer Affäre.

»Mein Gott, Rahel!«, hatte er erwidert. »Erstens finde ich es nicht sehr erregend, wenn sich mir das Wild vor die Flinte legt, und zweitens gibt es Menschen, für die Sex nicht diese Bedeutung hat!«

Das hatte gesessen. Ein paar Wochen hatte sie geschmollt, und eine Zeitlang zog sie ein Hormonpräparat in Betracht, um die heftigen Gefühlsausschläge zu mindern. Aber wenn sie ehrlich war, wollte sie alles spüren. Die Tränen, die wie aus dem Nichts kamen, die Abgeschlagenheit und das Schwitzen, die Euphorie über das schiere Lebendigsein und den Hunger nach ihrem Mann.

Manchmal war es nicht der Hunger nach ihm, sondern das Verlangen nach irgendeinem Mann.

Dienstag

Dem Stand der Sonne nach zu urteilen muss es später Vormittag sein. Schon wieder hat sie zu lang geschlafen, und es kommt ihr vor, als habe sie sich ein Stück Lebenszeit gestohlen.

Sie streift sich das schwarze Leinenkleid von gestern über und ahnt, dass sie es auch in den nächsten Tagen tragen wird. Beim Anziehen purzelt die Elfe aus der Tasche und fällt zu Boden. Ein Flügel ist abgebrochen. Vorsichtig legt sie ihn auf den Nachttisch, stellt die Figur daneben und denkt an Viktor. Sein Interesse für Rahel war auffällig gewesen; ihre Schwester Tamara behandelte er eher mit Gleichgültigkeit. Von Ruth einmal darauf angesprochen, erklärte er knapp, Tamara habe einen Vater, Rahel nicht.

In der Küche steht kalter Tee. Von Peter keine Spur, und im Augenblick ist sie erleichtert darüber. Sie kocht Kaffee, schmiert sich ein halbes Marmeladenbrötchen und isst es im Stehen. Ohne dass sie einen

Grund dafür benennen könnte, zieht es sie erneut in Viktors Atelier. Sie balanciert die volle Kaffeetasse schräg über den Hof und geht direkt zu der Werkbank, auf der das Buch liegt. *Herr Jesus Christus, erbarme dich meiner.* Ein paar Mal spricht sie das Gebet, betont es jedes Mal anders, bis sie einen Rhythmus gefunden hat. *Herr Jesus Christus, erbarme dich meiner, Herr Jesus Christus, erbarme dich meiner, Herr Jesus Christus, erbarme dich meiner, Herr Jesus Christus, erbarme dich meiner, Herr Jesus Christus, erbarme dich meiner.*

Sie spürt keine Wirkung.

Neben der Werkbank steht ein Graphikschrank. In der obersten Schublade liegen Kohlezeichnungen von Tieren, vor allem von Pferden und Katzen. Im zweiten Fach findet Rahel diverse Bleistifte, eine Pappbox mit Kohlestiften, Skizzenblöcke, eine Packung Tabak samt Filter und Papier, Kerzen und Feuerzeuge. Der Tabak ist noch feucht, er kann nicht alt sein. Ob Ruth davon weiß?

Noch eine weitere Schublade öffnet sie: Etliche Zeichnungen eines weiblichen Torsos in unterschiedlichen Posen. Sie geht eine nach der anderen durch. Die meisten sind flüchtig hingeworfene Skizzen, nur einige wenige wirken ausgearbeitet. Die letzte hat einen Kopf und ein Gesicht: Es ist Edith, Rahels Mutter.

Daneben noch ein Stapel Blätter. Ein Kind ist auf ihnen zu sehen, und dieses Kind ist sie selbst.

Minutenlang starrt sie auf die Zeichnungen. Der Inhalt dieser Schublade war für niemandes Augen bestimmt gewesen. Wie ein Dieb kommt sie sich vor und gleichzeitig wie ein Mensch, dem ein Eigentum vorenthalten wurde.

Mit zittrigen Händen nimmt Rahel den Tabak aus dem anderen Fach. Sie zieht ein Papier aus der Packung und dreht sich die erste Zigarette seit über zwanzig Jahren. Doch bevor sie sie anzünden kann, hört sie Hufe auf dem Pflaster des Hofs und gleich darauf, beim Blick aus dem Fenster, sieht sie Baila. Die Stute bleibt stehen, scharrt ein paar Mal mit dem rechten Vorderhuf und schnaubt. Der Halfterstrick baumelt herunter, von Peter keine Spur. Rahel legt die Zigarette auf den Tisch und eilt hinaus.

Peter kommt etwa fünf Minuten später angetrottet. Er schüttelt lachend den Kopf.

»Ich musste mir den Schuh zubinden, und schon war sie auf und davon.«

Dann greift er nach dem Halfterstrick und beginnt, Baila einen Vortrag zu halten.

Wenn er mit mir nur halb so viel sprechen würde, denkt Rahel und sieht ihm hinterher, als er die Stute Richtung Koppel führt.

Nach einem kurzen Bad im See kehrt Rahel ins Haus zurück. Sie hofft, Peter in seinem Zimmer anzutreffen. Die Entdeckung im Atelier beschäftigt sie; die aufgeworfenen Fragen erscheinen ihr ungeheuerlich, und der einzige Mensch, der sie beantworten kann, liegt bewacht von seiner aufmerksamen Frau in einer Rehaklinik an der Ostsee.

Doch mit Peter will sie über etwas anderes sprechen.

Sie steckt ihr Haar auf eine Weise hoch, wie er es mag, zieht seitlich ein paar lockere Strähnchen heraus, tupft einen Hauch Farbe auf die Lippen, tuscht sich die Wimpern und betrachtet sich eine Weile im Spiegel. An guten Tagen sieht man ihr die neunundvierzig Jahre nicht an.

Mit jedem Schritt in seine Richtung tritt sie vorsichtiger auf. Die alten Dielen knarzen, und als sie gerade klopfen will, ruft er: »Komm rein.«

Er sitzt am Schreibtisch vor einem aufgeschlagenen Buch, dreht sich zu ihr um und nimmt die Brille ab.

»Peter, was ist mit uns?«

Er weist auf den Stuhl, der neben dem Bett steht. »Setz dich doch.«

Kalte Schweißperlen rinnen ihr unter den Achseln hinab, aufmerksam sucht sie sein Gesicht ab. Sie kann sehen, wie er um Worte ringt.

»Peter bitte!«

»Das trifft mich jetzt unvorbereitet, Rahel. Ich will nichts Falsches sagen, ich … Können wir später reden? Heute Nachmittag?«

Mit würdevoller Ruhe erhebt sie sich und geht zur Tür. Ein mattes Lächeln bringt sie noch zustande, dann strebt sie über den langen Flur ihrem Zimmer entgegen.

Seit einem Jahr und vier Monaten verbringt Peter den Großteil seiner Zeit allein. Er ist gut darin. Er liest vergleichend verschiedene Übersetzungen eines bestimmten Werks, schaut Tierdokus, Sendungen über historische Persönlichkeiten oder Reiseberichte, macht ausgedehnte Radtouren zu den Weingütern rund um Dresden oder beschäftigt sich wochenlang mit einem sorgfältig ausgewählten Thema, das er dann von literarischer, künstlerischer und wissenschaftlicher Seite her beleuchtet. Sein Hang zur Gründlichkeit geht ins Pedantische, die kritische Distanz ist zur Weltabkehr geworden.

Er kam eher nach Hause an jenem Donnerstag, dem Tag, an dem sein fragil gewordenes Gleichgewicht kippte. Sie hatte ihn noch nicht erwartet. Als sie nur mit einem Handtuch bekleidet aus der Dusche kam, stand er regungslos im Korridor. Sein halb abwesender, halb entsetzter Blick verhieß nichts Gutes, und augenblicklich war ihr klar, dass dieser Abend anders verlaufen würde, als sie es sich gewünscht hatte. Dabei war es ihr Hochzeitstag. Der achtundzwanzigste.

»Was ist los?«, fragte sie und konnte die leichte Gereiztheit in ihrer Stimme nicht verbergen. Zu oft war in der letzten Zeit *etwas los gewesen*, wenn er nach Hause kam. Praktisch täglich empörte er sich darüber, wie viele Studenten auf Kriegsfuß mit Orthographie und Grammatik standen, wie wenig belesen und historisch ahnungslos sie seien.

Rahel verdrehte über diese Beschwerden die Augen. Ihr Pragmatismus erlaubte solch eine nutzlose Auflehnung nicht, und obwohl ihr klar war, dass Menschen von Peters Schlag litten, war es mit ihrer Geduld nicht weit her.

»Na komm schon, ich mache uns eine Flasche Wein auf«, sagte sie in sein Schweigen hinein.

Er schüttelte den Kopf. In der Küche goss er sich Wasser in ein Glas und trank es aus.

»Das ist nicht mehr meine Welt, Rahel«, stellte er mit Blick aus dem Fenster fest.

Die folgende halbe Stunde verbrachte sie mit ihm am Küchentisch, mit nassen Haaren und kalten Füßen. In erschöpfender Genauigkeit berichtete er ihr von dem Vorfall, und Rahel saß mit angezogenen Beinen auf ihrem Stuhl und hörte ihm zu.

In einem Seminar zum Thema »Geschlechterrollen in der Literatur des neunzehnten Jahrhunderts« hatte Peter eine breit gefächerte Literaturliste ausgegeben. Ein paar Teilnehmer hatten gegen den Umfang protestiert und ihren Widerstand damit begründet, dass sowieso nur Männer- und Frauenklischees dabei herauskämen. Binäre Zuordnungen, an die keiner mehr glaube. Es reiche, eins dieser Bücher oder ein paar Auszüge zu lesen, und man wüsste Bescheid. Peter argumentierte, dass es den Ansprüchen der universitären Lehre widerspreche, sich nur mit Auszügen oder einem einzigen Beispiel zu befassen. Und selbst wenn nach gesamter Lektüre herauskäme, dass überkommene Klischees überwögen, würde das doch spannende Fragen aufwerfen. Man könnte sich fragen, ob sich in den Klischees auch Wahrheit finden ließe. Man könnte Hypothesen entwickeln und diskutieren. Er stelle die These auf, dass Frauen oft andere Werte und Ziele im Leben priorisierten als Männer. Reines Machtstreben zum Beispiel sei ihnen häufig zuwider, und dies sei doch ein äußerst sympathischer Unterschied zu den vielen männlichen Narzissten in Machtpositionen. In diesem Moment entstand in einer kleinen Gruppe ein Tumult, wie er ihn in all den Jahren Lehrtätigkeit noch nicht erlebt hatte.

Vor allem eine Person war ihn lautstark angegangen: Olivia P.

Ein besonders perfider Chauvinist sei er, weil er Frauen dafür lobte, nicht machthungrig zu sein, anstatt sie im Machthunger zu bestärken. Peter intervenierte sofort und sprach sie mit Frau P. an, woraufhin ihm ein wütendes »Ich bin ein nichtbinärer Mensch!« entgegengeschleudert wurde. Für einen Augenblick verschlug es ihm tatsächlich die Sprache, dann schaute er auf die Teilnehmerliste und bemerkte, er habe sie als *Frau Olivia P.* auf seiner Liste stehen. Olivia P. explodierte. Ob er sich etwa weigere, anzuerkennen, dass sie weder das eine noch das andere sei? Keineswegs, gab er zurück, er habe nur gesagt, dass sie auf der Liste als Frau – Alles weitere ging in Gebrüll unter.

Bis ins letzte, kleinste Detail beschrieb Peter ihr die Geschehnisse.

»Meine Güte!«, hatte Rahel ihn schließlich unterbrochen. »Manchmal bist du aber auch –« Beinahe hätte sie ihn Krümelkacker genannt, besann sich aber gerade noch rechtzeitig und fuhr fort: »Wer weiß, was die arme Person für eine Leidensgeschichte hinter sich hat. Nenn sie doch einfach so, wie sie will!«

Mit fremden Augen sah er sie an. Ein Nerv in seinem Gesicht zuckte. Dann stand er auf und ging in sein Zimmer, wo er lautlos die Tür hinter sich schloss.

Von da an wurde es still zwischen ihnen, und sie bekam nicht mit, was weiter geschah. Erst, als sie eines Morgens in einer der großen überregionalen Tageszeitungen einen Artikel entdeckte, wurde ihr das ganze Ausmaß der Sache bewusst: »Die Ewiggestrigen. Ein Germanistik-Professor der TU Dresden verweigert einer Transgender-Person die Anerkennung ihrer nicht-binären Geschlechtsidentität.« Was folgte war eine Abrechnung mit dem Osten. Die ehemals Indoktrinierten hätten das offene und freie Denken noch immer nicht gelernt. Ihre Defizite ließen sich am Beispiel des Herrn Prof. Wunderlich hervorragend ablesen und so weiter und so fort. Der ganze entsetzliche Mist, den sie alle nicht mehr hören konnten.

Sie sagte die Termine ihrer Vormittagsklienten ab und fuhr an die Uni.

Peter war in seinem Büro. Er hatte den Schreibtischstuhl Richtung Fenster gedreht und schaute hinaus. Seine Arme lagen auf den Lehnen.

»Ach du bist es«, sagte er nur, als sie zu ihm eilte, um ihn zu umarmen.

Und dann löste Olivia P. in den sozialen Netzwerken einen Shitstorm aus.

Anfangs reagierte Peter mit beinahe unbeteiligter Verständnislosigkeit; nicht nur, dass er sich nicht wehrte, er äußerte sich gar nicht zu all dem, was auf Facebook, Twitter und Co. losgetreten worden war. Doch er unterschätzte die Dynamik des Geschehens. Bald hingen in den Gängen der Uni Plakate mit seinem Konterfei und aus dem Zusammenhang gerissenen Sätzen, die Peter in seinen Vorlesungen und Seminaren gesagt hatte.

Im Gespräch mit der Dekanin und dem Prodekan der Fakultät warfen diese ihm einen ungeschickten Umgang mit Olivia P. vor. Seine Bemerkung, sie stünde als Frau in der Liste, sei eine unnötige Provokation gewesen und der Protest der jungen Leute in einer Demokratie völlig legitim. Auf dem Weg zu einer diskriminierungsfreien Sprache seien alle gefordert. Peter solle sich in Zukunft klüger verhalten und Gras über die Sache wachsen lassen.

»Aber weißt du, was das Schlimmste an der ganzen Geschichte ist?«, hatte er mit müder Stimme gefragt und die Antwort gleich hinzugefügt: »Dass du mir in den Rücken gefallen bist.«

Rahel liegt in ihrem Zimmer auf dem Bett. Drüben im Atelier wartet die Zigarette, und jetzt ist der richtige Zeitpunkt, sie zu rauchen. Sie setzt sich auf und streckt den Rücken. Auf dem Weg nach unten fällt ihr ein, dass der Kühlschrank beinahe leer ist und auch das Brot nicht mehr bis morgen reichen wird. Sie kehrt um, klopft erneut bei Peter, wartet seine Antwort ab, dann öffnet sie die Tür einen winzigen Spalt.

»Ich fahr schnell einkaufen. Soll ich dir was mitbringen?«

»Nein. Das heißt …«, er dreht sich zu ihr um, »… ein Stück Räucherfisch wäre schön. Saibling oder Aal oder was es gerade gibt.«

Sie nickt. Und freut sich, dass er einen Wunsch hat.

Im Schritttempo fährt sie vom Hof. Keine zwanzig Meter hinter dem Haus fällt ihr der Findling ins Auge, ein Stein, der ihr als Kind gigantisch groß erschien. Viktor hat sie einmal darauf gehoben und ihr erzählt, wie der Stein vor etwa fünfzehntausend Jahren von einem Gletscher hierher transportiert worden ist und nach dem Schmelzen liegen geblieben sei. Und dass auch der See aus Gletscherwasser entstanden und überhaupt die ganze Landschaft mit ihren sanften Hügeln das Ergebnis der letzten Eiszeit sei. *Endmoräne*. Ein Wort, das sie sich krampfhaft zu merken versuchte. Doch dass auch der See, in dem sie badete, schon fünfzehntausend Jahre alt sein sollte, fand sie eklig.

»In so altes Wasser geh ich nicht!«, hatte sie Ruth und ihrer Mutter hernach verkündet, und deren Lachen hatte sie tief gekränkt.

Noch immer wirkt der Findling durchaus imposant, aber wie bei jedem Ding, das sich einordnen und verstehen lässt, geht kein Zauber mehr von ihm aus.

Eine gute Viertelstunde braucht sie bis zur Kaufhalle. Sie packt den Wagen voll, um das Haus nicht so schnell wieder verlassen zu müssen, hält auf dem Rückweg beim Fischer im Dorf, kauft geräucherten Saibling und Aal, fragt auch nach Abfällen für den Storch, die der Fischer ihr gratis gibt. Dann beeilt sie sich, zum Hof zurückzukehren.

Peter sitzt unter dem aufgespannten Sonnenschirm am Tisch und spricht mit dem Storch. Ab und zu flattert das Tier mit den nutzlosen Flügeln, bewegt sich aber keinen Meter von Peter weg. Als sie den Motor abstellt, kommen ihr beide entgegen; Peter öffnet die Heckklappe des Wagens und beginnt, die Einkäufe in die Küche zu tragen. Der Storch bleibt am Auto zurück.

»Ich habe Fisch bekommen«, sagt sie drinnen und holt das Paket aus der Einkaufstasche. »Aal und Saibling, ganz frisch.«

»Wunderbar.« Er lächelt. »Hast du auch an Meister Adebar gedacht?«

Zur Antwort hält sie die Tüte mit den Fischabfällen hoch.

»Wunderbar«, sagt er noch einmal freundlich, nimmt ihr die Tüte aus der Hand und geht damit nach draußen.

Rahel setzt sich für einen Augenblick an den Küchentisch. Sie ist plötzlich sehr müde.

Sie blickt aus dem Fenster. Die Sonne hat ihren Höchststand überschritten. Der Storch macht sich gierig über sein Fressen her, während Peter die Katzen fernhält. Rahel ist weder hungrig, noch hat sie Lust auf Küchenarbeit. Also huscht sie nach dem Verräumen der Einkäufe über den Hof ins Atelier.

Gerade als sie sich die Zigarette anzünden will, öffnet Peter die Tür und lugt herein.

»Ich habe dich gesucht. Soll ich uns einen Salat machen? Wir könnten den Fisch dazu essen.«

»Ja gern!«, sagt sie schnell.

»Machst du dein feines Dressing? Ich weiß nicht, wie es geht.«

Sie lässt die Zigarette unauffällig hinter den Büchern auf die Werkbank fallen und folgt ihm in die Küche.

Peter schaltet das Radio ein, hört dem Nachrichtensprecher ein paar Sekunden zu, stöhnt, schüttelt den Kopf und sucht nach einem anderen Sender. Über Schlager und Pop und quäkende Werbesprecher wischt er drüber, bei einer Aufnahme des Forellenquintetts hält er inne.

»Besser«, konstatiert er und beginnt den Salat zu waschen.

Rahel gibt Öl und Essig, Senf, Honig, Zitrone, Pfeffer und Salz in eine kleine Schüssel. Mit einem kleinen Rührbesen schlägt sie die Zutaten, bis sie sämig sind, und kostet dann mit dem Zeigefinger. Sie ist zufrieden. Es sind die Gegensätze, die das Essen schmackhaft machen – süß und salzig, süß und scharf, süß und sauer. Sie wirft einen Blick auf Peter und fragt sich, warum er nicht sieht, dass ihre Andersartigkeit den Reiz zwischen ihnen ausmacht. Als Eltern greifen sie wie zwei Zahnräder ineinander und bilden das gut funktionierende Familiengetriebe, auf das sich die Kinder stets verlassen können. Doch wehe, Rahel schäumt über. Wehe, das allzu Lebendige bricht sich Bahn. Dann zieht er sich wie eine Schnecke in sein Haus zurück und wartet ab. In der Literatur liebt er die ungeduldigen und ungestümen Gemüter. Nur dort kommt er ihnen nahe, ohne von ihnen gefährdet zu werden.

Sie nimmt sich ein Messer und ein Brett und setzt

sich zu ihm an den Tisch. So wie Peter die Gurke schneidet, sorgfältig und in beinahe exakt gleich große Stücke, so geht er alles an. Zwischen Plan und Ausführung besteht keine Differenz; Worte und Taten stimmen verlässlich überein. In diese Wesensart hat Rahel sich vor fast dreißig Jahren verliebt. Es war nach all der Zeit im Chaos wie das Fallen in ein weiches, warmes Bett.

Er gibt seine Gurken- und Paprikastücke in die Salatschüssel, wickelt den Fisch aus dem Papier und legt ihn auf eine weiße Porzellanplatte, dann holt er Teller und Besteck, Weißwein und Gläser.

»Wollen wir nicht draußen essen?«, fragt sie und kennt die Antwort schon.

»Besser nicht. Die Wespen.«

Rahel nickt unmerklich. »Wasser soll helfen«, entgegnet sie sanft.

Er blickt sie fragend an.

»Wasser aus einer Sprühflasche. Dann denken sie, es regnet.«

»Oder«, entgegnet er, »wir essen entspannt hier drinnen und trinken danach einen Kaffee draußen.«

»Ist gut.«

Der Sieg der Vernunft verschafft ihr keine Freude. Sie isst ohne Appetit, überlässt Peter das Geschirr und kündigt an, sich für eine Mittagsruhe in ihr Zimmer zurückzuziehen.

»Du wolltest reden …«, sagt er halb fragend, halb feststellend.

Außer einem müden Nicken bringt sie nichts zustande.

»Treffen wir uns gegen drei vorm Haus und gehen ein Stück?«

Er fragt es mit liebevoller Stimme, und Rahel bricht beinahe in Tränen aus.

Punkt drei tritt sie aus der Haustür in den Hof hinaus. Ihr Blick geht einmal ringsum. Peter sitzt auf einer der Bänke, die überall auf dem Grundstück stehen. Er trägt seinen Panama-Hut, auf seinem Schoß liegt die einohrige Katze. Als Rahel auf ihn zugeht, nimmt er die Katze vorsichtig von seinen Knien und steht auf.

Sie nehmen den Waldpfad Richtung Seeufer, biegen dann aber nach links auf einen größeren Weg ab – einen alten Hohlweg, den Rahel schon als Kind gern mochte. Es ist ein seidiger Tag. Ein zarter, warmer Wind streicht über ihre nackten Arme und Beine. Peter rückt seine Brille zurecht und schiebt den Hut ein Stück höher.

»Wenn du anfangen möchtest – ich höre dir zu.«

Obwohl sie die gesamte Mittagspause hindurch an ihrer Rede gefeilt hat, ist sie nun verloren. Krampfhaft versucht sie, sich an die Einstiegssätze zu erinnern. Peter geht geduldig neben ihr her. Sie schlägt nach einer Mücke in ihrem Nacken, fasst Peter am Arm und bleibt stehen.

»Willst du eigentlich noch mit mir zusammen sein?«

Jetzt ist es raus. Der Hohlweg ist an dieser Stelle so tief, dass die Böschungen zu beiden Seiten keinen Blick auf die dahinterliegende Landschaft zulassen. Die Äste der Bäume wachsen über ihnen zusammen und bilden ein dichtes Dach.

Er schaut sie erschrocken an, dann lässt er den Kopf sinken.

»Das ist eine einfache Frage, Peter. Die solltest du beantworten können.«

Sein Blick trifft sie.

»Und du? Hättest du zu jedem Zeitpunkt unserer Ehe eine klare Antwort auf diese Frage gehabt?«

Sie zögert, sieht zwei Mücken auf ihrem Arm und schlägt blitzschnell zu.

»Komm, lass uns weitergehen«, sagt er und läuft los. »Ich will mich nicht von dir trennen, Rahel, aber auf die Weise, wie du es brauchst, kann ich derzeit nicht mit dir leben.«

»Auf welche Weise meinst du denn?«

»Auf die vollumfängliche.«

»Was soll denn das heißen?«, fragt sie scharf und stellt sich ihm erneut in den Weg.

Er weicht zurück. »Du weißt genau, was ich meine.«

Ja, sie weiß es, doch sie wird ihm das Aussprechen nicht ersparen.

Von ihren Klienten verlangt sie das Benennen des Problems, mit dem sie gekommen sind. Was sprachlich nicht geformt werden kann, wird ganz sicher nicht gelöst. Das gilt auch für Peter.

»Ich kann nicht mehr mit dir schlafen«, sagt er.

Die darauffolgenden Erklärungen hört sie sich schweigend an. Die ganze Sache mit Olivia P., das Spießrutenlaufen an der Uni, der Hass, die Vulgarität, das alles habe ihn zutiefst erschüttert, und als er angeschlagen nach Hause gekommen sei, sei er von ihr verhöhnt worden, und etwas in ihm sei zerbrochen.

Er seufzt. »Ich habe dich gebraucht, damals. Wochenlang habe ich mich wie ein Fremder gefühlt, in der eigenen Wohnung, bei meiner eigenen Frau. Und das Begehren … hat einfach aufgehört.«

»Und nun?«, fragt sie ihn leise. »Sollen wir jetzt wie Bruder und Schwester nebeneinanderher leben?«

»Zum Beispiel.«

»Aha!«

Ihre Stimme rutscht hoch, wie immer, wenn sie Angst hat. Peter blickt sie mitfühlend an. Dann bleibt er stehen und macht diese Sache mit den Händen – die Arme hängen lang herunter und die Finger wackeln so lange unkontrolliert herum, bis es ihm selbst auffällt und er die Hände hinter dem Rücken verschränkt. Sie haben den Wald verlassen; sie stehen auf einem Feldweg, das Haus ist schon zu sehen.

»Ich meine, wie stellst du dir das vor?«

»Ich stelle mir doch gar nichts vor, Rahel. Ich sage lediglich, wie es ist.«

Sein gequälter Blick schweift über die Felder in die Ferne.

»So etwas lässt sich nicht erzwingen«, sagt er schließlich.

»Nein. Natürlich nicht. Aber versuchen kannst du es.«

»Im Moment will ich aber nichts versuchen«, erklärt er matt, und dann laufen sie weiter und gehen den Rest des Wegs schweigend.

Rahel holt sich ein Handtuch von der Wäscheleine und biegt gleich zum See ab. Sie taucht ins Wasser und schwimmt ein paar Züge am Ufer lang. Weit hinaus traut sie sich nicht. Im Schwimmunterricht in der zweiten Klasse hat die Lehrerin sie mit einem langen Stab vom Rand des Beckens weggestoßen, wenn Rahel sich festhalten wollte. Dabei hat sie

»Unser Ziel ist der ausdauernde Schwimmer!« in die Halle hineingebrüllt, und jedes Kind, das sich bis dahin noch sicher gefühlt hatte, fing hektisch an zu strampeln. Rahel hat in jeder einzelnen Schwimmstunde Todesangst gehabt. Den Startsprung vom Block lernte sie nie. Bei der Prüfung schlug ihr ein anderer Schwimmlehrer einfach die Beine weg, so dass sie zwar kopfüber ins Wasser plumpste, aber weit weg von einem korrekten Kopfsprung blieb.

Nun schwimmt sie langsam an den dickstieligen gelben Teichrosen entlang. Sie denkt an Peters letzten Satz. *Im Moment will ich aber nichts versuchen*. Er kann ebenso meinen, dass er es später versuchen wird. Er muss es versuchen. Sonst kann sie nicht bei ihm bleiben.

Was denkt er sich eigentlich? Dass sie es einfach so hinnehmen wird?

Sie dreht sich auf den Rücken und lässt sich treiben.

Natürlich hat es auch Zeiten gegeben, in denen sie lustlos und müde gewesen ist. Als die Kinder klein waren. Wenn sie krank waren oder einfach nur anstrengend. Als Edith starb. Peter hat sich nie beschwert, nie gedrängt. Allerdings – und das ist der entscheidende Unterschied – konnte er stets sicher sein, dass die Flaute vorüberging.

Nur ihr Gesicht schaut noch aus dem Wasser heraus. Ihre Beine sind in die Tiefe gesackt, und etwas hat sie berührt. Hastig beginnt sie zu schwimmen.

Vom anderen Ufer drüben dröhnt jetzt Musik. Die Dorfjugend kommt zusammen. Für Rahel ist es Zeit zu gehen.

Mittwoch

Selma hat mich angerufen«, sagt Peter, als er noch im Schlafanzug die Küche betritt. »Sie fragt, ob sie mit den Kindern ein paar Tage kommen kann.« Er geht zum Wasserkocher, schüttet das alte Wasser in den Ausguss, füllt frisches hinein und fügt hinzu, dass Ruth bestimmt nichts dagegen habe.

Ruth nicht, denkt Rahel und bleibt stumm.

»Deine Freude hält sich in Grenzen«, stellt er fest. »Du weißt, dass sie das spürt.«

Natürlich weiß sie das. Schließlich ist sie die Psychologin im Haus. Wenn Selma nur nicht so wäre, wie sie ist. Egal, wie viel Aufmerksamkeit und Liebe sie ihrer Tochter schenkt – Selma braucht mehr. Während der Kindheits- und Jugendjahre verging kaum eine Woche, in der sich nicht irgendein existentielles Drama abspielte. War Selma krank, dann hatte sie *höllische* Schmerzen. Hatte Selma Liebeskummer, erschien ihr der Selbstmord als *einziger Ausweg*. Gab es Ärger mit Lehrern, war Selma die *einzige* Person, die von *niemandem* verstanden und von *allen* ungerecht behandelt wurde. Die Zusammenfassung ihres Lebens lautete: *Immer ich!*

In der Praxis hat Rahel häufig mit solchen Menschen zu tun. Menschen, die das, was ihnen geschah, nicht relativieren können. Die alles persönlich nehmen und stets im Superlativ sprechen. Ihnen widerfahren die *schrecklichsten* Dinge, die *schlimmsten* Niederlagen, die *furchtbarsten* Enttäuschungen und der *ärgste* Verrat. Im besten Fall gelingt es Rahel, einen anhaltenden Perspektivwechsel bei ihren Klienten herbeizuführen. Zugegeben, es glückt ihr selten, und was Selma angeht, so ist das Ergebnis niederschmetternd.

Nein, sie fiel in kein Loch, als Selma auszog. Sie empfand keine Leere und kein Bedauern. Peter gegenüber hat sie den Moment, als die Wohnungstür hinter Selma zugefallen war, als eine Erlösung beschrieben, als das Ende einer Schlacht. Dass es nicht wirklich das Ende, sondern lediglich ein Waffenstillstand war, ahnte sie natürlich.

»Ich halte das für keine gute Idee«, wagt sie jetzt zu sagen und fügt hinzu, dass die unvermeidlichen Konflikte mit Selma ihre eigenen Schwierigkeiten noch verstärken könnten. Peter blinzelt ein wenig und widmet sich schweigend seinem Teeritual.

Früher wusste Peter immer gleich, wenn es zwischen Rahel und Selma gekracht hatte. Der Zustand der Wohnung verriet es ihm. Rahels einziger Weg aus dem inneren Aufruhr war das Herstellen einer äußeren Ordnung. Nach den schlimmsten Vorkommnissen glänzten die Armaturen im Bad, und in der Küche hätten sie vom Boden essen können. Als Selma sich zum ersten Mal mit einer Rasierklinge die Unterarme ritzte, hat Rahel alle vierzehn Fenster geputzt, dazu die Fensterbänke innen und außen.

Peter kam nach Hause, sah sich um und fragte: »Was ist passiert?«

Als Selma zum ersten Mal mit Selbstmord drohte, hat Rahel das gesamte Geschirr aus den Küchenschränken geholt, den Kühlschrank und alle Vorratsschränke geleert und mit brühheißem Wasser noch den letzten Winkel ausgewischt.

Zu allem Überfluss begann Selmas Liebesleben bereits mit vierzehn Jahren. Ihre Opfer ähnelten einander. Entweder waren es unerreichbare ältere Jungen oder solche, von denen sie grenzenlos bewundert wurde und die sie grenzenlos ausnutzte. Ihr krachiger Stil, die wilden, langen Haare, der kirschrote Lippenstift standen in absurdem Kontrast zum blassen Auftreten dieser Jungs, vor deren Hintergrund sie umso mehr glänzte. Natürlich war sie schnell gelangweilt und machte Schluss, sobald sie anfing, sie für ihre Unterwürfigkeit zu verachten.

»Komm schon«, bittet Peter. »Sie könnte ein bisschen Landluft vertragen.« Mit Argusaugen bewacht er seinen Tee, der keinesfalls zu lang ziehen darf. »Sie ist unsere Tochter«, fügt er unnötigerweise hinzu, nimmt das Teesieb aus der Kanne und stellt es auf einem kleinen Teller ab.

»Aber erst am Freitag«, sagt sie, »und nur übers Wochenende.«

Er nickt. »Ich rufe sie an.«

Dann geht er mit seiner Teeschale in den Hof hinaus, wo sich der Storch schnurstracks an seine Fersen heftet.

Rahel schaltet das Radio ein und setzt sich an den Tisch. In den Nachrichten läuft ein Bericht zum Klimawandel. Das Polareis schmelze, die Permafrostböden tauten auf, die Gebirgsgletscher verwandelten sich in Seen, und Brände vernichteten riesige Flächen Wald. Sofort schaltet sie es wieder ab. Informationen wie diesen kann sie sich nur äußerst dosiert aussetzen und auch nur, wenn Peter ihr beisteht. Einer der letzten klaren Sätze ihrer Mutter geht ihr durch den Kopf.

»Eigentlich ein guter Zeitpunkt zum Sterben«,

hatte sie nach einer ähnlichen Meldung erklärt. Kurz darauf starb sie tatsächlich, ihre lebenshungrige, unbeständige, kühne, leichtfertige und pflichtvergessene Mutter, und als der Trauerredner wissen wollte, was Edith ausgemacht, was sich als roter Faden durch ihr Leben gezogen habe, musste Rahel nicht lang nachdenken. *Beinahe* war das Wort, das ihre Mutter am besten beschrieb. Sie war eine Beinahe-Tänzerin, eine Beinahe-Schauspielerin, eine Beinahe-Ehefrau und abgesehen vom unleugbaren Fakt der zwei Geburten auch nur eine Beinahe-Mutter.

Dass sie soeben den Bogen vom schwindenden Polareis zu ihrer Mutter geschlagen hat, entlockt ihr einen kurzen, einsamen Lacher.

»Am Ende landet man immer bei der Mutter«, sagt sie laut und fragt sich, ob es Selma auch so geht. Nur noch zwei Tage, dann wird ihre Tochter mit großem Tamtam hier aufschlagen. Nur noch zwei Tage Ruhe. Sie trinkt rasch ihren Kaffee aus und eilt nach oben in ihr Zimmer.

Zum ersten Mal seit ihrer Ankunft rollt Rahel die Yogamatte aus. Sie ist so lange nicht mehr in Benutzung gewesen, dass sie sich einfach von selbst wieder zusammenrollt. Rahel beschwert die Enden mit kleinen Hanteln, die sie mitgebracht hat, um dem unvermeidlichen Muskelabbau entgegenzuwirken. Genetisch, dessen ist sie sich bewusst, hat sie Glück gehabt. Wie oft kommen Frauen zu ihr in die Praxis, die jünger sind als sie, sich aber weniger gut gehalten haben.

Sie beginnt den Sonnengruß mit nach oben gestreckten Armen und einem tiefen Atemzug. Dann die entgegengesetzte Bewegung, die Handflächen auf den Boden vor die Füße. Die Dehnung bereitet ihr keine Schwierigkeiten. Die Biegsamkeit und die Anmut hat sie von ihrer Mutter. Tamara kommt nach ihrem Vater, einem großen, kantigen Mann mit steifen Bewegungen. Rahel begibt sich in die Kobra und fühlt sich frei und offen, wie es die Übung verspricht. Rahels Vater soll attraktiv gewesen sein, so hat Edith es ihr erzählt. Student sei er gewesen und nach einer einzigen Nacht einfach verschwunden. Sie habe nur seinen Vornamen gekannt und ihn trotz intensiver Suche nie wieder gesehen. Beim herabschauenden Hund berühren ihre Fußsohlen vollständig die Matte. Sie genießt die starke Dehnung. Fünfzehn Mal wiederholt sie den Zyklus, hängt ein paar Liegestütze und zwanzig Sit-ups dran und fühlt sich sehr lebendig.

Nach dem Duschen legt sie sich aufs Bett. Das Fenster steht offen, der Sommer weht herein. Wenn jetzt die Tür aufginge und Peter sich zu ihr legen würde, wäre sie glücklich.

* * *

Kein Wort. Den ganzen Nachmittag nicht. Er liest, geht mit dem Pferd spazieren, füttert den Storch, streichelt die Katze.

Beim Abendessen legt er die Salamischeiben so auf sein Brot, dass sie den Rand der Brotscheibe nicht überlappen. Die Gurkenscheiben schneidet er exakt gleich dick; die Möhre spaltet er der Länge nach, halbiert die Hälften und legt die Stifte ordentlich aufgereiht neben die Gurkenscheiben.

Ein Biss vom Brot, ein Stück Gurke, ein Karottenstift. Brot, Gurke, Karotte. Brot, Gurke, Karotte.

Rahel beißt in eine ganze Möhre und fürchtet sich vor dem Abend.

»Wollen wir nachher einen Film schauen?«, fragt sie so neutral wie möglich.

Er kaut den Bissen sorgfältig zu Ende, schluckt und räuspert sich.

»Ja. Wenn du möchtest.«

»Was möchtest *du* denn?«

Sein Blick geht an ihr vorbei und wird leer. Die Ratlosigkeit darin macht sie zornig.

»Filmschauen ist gut«, sagt er plötzlich und nickt ein paarmal, wie um sich selbst von der Wahrheit seiner Worte zu überzeugen. »Haben wir lange nicht gemacht«, setzt er ein paar Sekunden später hinzu. Dann huscht ein Lächeln über sein Gesicht, und er setzt das Essen fort.

Donnerstag

Es ist bereits Mittag, als sie Peter zum ersten Mal begegnet. Er kommt von einem langen Spaziergang mit Baila zurück, wirkt aber keineswegs erholt. Schatten liegen unter seinen Augen.

Nach Filmabenden schläft er unruhig, und nach dem gestrigen wahrscheinlich besonders.

Er hatte *Melancholia* von Lars von Trier gewählt: Auf einem Schloss wird eine Hochzeit gefeiert, die in ein Drama mündet, während ein vagabundierender Planet der Erde bedrohlich nahe kommt. Er fliegt vorbei, die Gefahr scheint gebannt, dann aber kehrt er zurück und bewegt sich schließlich direkt auf die Erde zu. Die Kollision ist nicht zu verhindern, und nur die depressive Justine – die Braut – sieht dem nahenden Ende gelassen entgegen. Als der Planet Melancholia zum Schluss auf die Erde trifft, zerstört er sie. Noch minutenlang schaute Peter auf den Bildschirm. Der Abspann war bereits gelaufen, als er endlich aus seiner Erstarrung erwachte.

»Ich kenne dieses Gefühl. Ich kenne es genau«, sagte er leise.

Rahel hat noch eine Weile wach in ihrem Bett gelegen und darüber nachgedacht, welches Gefühl er meinte. Dann ist sie eingeschlafen, gegen drei Uhr in der Früh aber von einer jähen Erkenntnis hochgeschreckt. Ihr Herz schlug schnell, und ihr Rücken war schweißnass. Sie schaltete die Nachttischlampe an und griff nach der Wasserflasche, die auf dem Boden stand. Peter hatte nicht von der Schlussszene gesprochen. Das Gefühl, das er zu kennen glaubte, war die Depression.

»Hast du auch so schlecht geschlafen?«, fragt sie.

Er nickt und bleibt vor ihr stehen.

»Muss der Rotwein gewesen sein«, sagt er und blickt Richtung Auto. »Ich würde jetzt einkaufen fahren. Machst du mir eine Liste?«

Rahel stöhnt. Angesichts der Essgewohnheiten von Selma und den Kindern wird eine simple Einkaufsliste zur unlösbaren Aufgabe, wie eine Gleichung mit mehreren Unbekannten.

Schon der Gedanke daran macht sie müde.

Peter ohne Zettel loszuschicken kommt allerdings auch nicht in Frage.

»Das Beste wird sein, ich komme mit.« Sie läuft ins Haus und holt ihre Tasche.

Als sie zurückkommt, steht er noch immer am selben Fleck. Hinter seinem Lächeln verbirgt sich etwas, und Rahel denkt, dass besonders in einer Ehe die Summe des Nichtgesagten die Summe des Gesagten bei weitem übertrifft.

Peter unterdrückt ein Gähnen. Das Weiße in seinen Augen ist von feinen roten Linien durchzogen.

»Eigentlich kann ich dann auch hierbleiben«, sagt er.

Rahel lässt sich die Enttäuschung nicht anmerken. Sie nickt, steigt ein und fährt los. Im Rückspiegel sieht sie ihn stehen. Er hebt kurz die Hand zum Gruß, dann dreht er sich um und geht Richtung Haustür.

* * *

Drei Stunden später ist sie wieder da. Sie hat sich Zeit gelassen, war in der kleinen Stadt ein Eis essen, hat sich mit einem Kaffee in die Sonne gesetzt und noch ein wenig im Buchladen gestöbert. Zum ersten Mal seit einer Ewigkeit hat sie sich eine Ausgabe der Wochenzeitung gekauft, die sie früher so gern gelesen hatten. Bis vor ein paar Jahren brachte Peter am Wochenende immer zwei, drei der wichtigen Überregionalen vom Bäcker mit, und während sie noch aßen, freuten sie sich bereits auf die gemeinsame Lektüre. Wann genau das Unbehagen seinen Anfang nahm, kann sie nicht sagen. Doch immer öfter stimmten ihre eigenen Erfahrungen mit dem, was sie lasen, nicht überein. In zu vielen Beiträgen vermissten sie journalistisches Ethos und Realitätssinn, zu viele Artikel ließen sie in dem Gefühl zurück, eine bloße Haltung konsumiert zu haben, eine Fiktion, eine Wunschvorstellung der Wirklichkeit, und eines Samstags kam Peter nur mit einer Tüte Brötchen vom Bäcker zurück.

Rahel geht ums Auto herum und öffnet die Kofferraumklappe. Peter ist nirgends zu sehen, auch ihr Rufen nach ihm verklingt ungehört. Eine der Katzen kommt mit einer Maus im Maul vorbeigehuscht, sonst ist alles ruhig. Es hilft nichts. Bei knapp dreißig Grad kann sie die Lebensmittel unmöglich im Auto liegen lassen.

Als sie fertig ist, hört sie seine Schritte im Korridor. Er schaut kurz rein, entschuldigt sich dafür, ihr nicht geholfen zu haben, steigt dann die Treppen hinauf und lässt sie mit ihrer Sehnsucht allein.

Rahel packt sich ausreichend Essen und eine Wasserflasche auf ein Tablett, trägt alles in ihr Zimmer und verbringt auch den Rest des Tages ohne ihn. Sie liest den Roman von Elizabeth Strout in einem Rutsch durch und fällt gegen Mitternacht in einen wohltuend tiefen Schlaf.

Freitag

Regenwolken über dem Wald.

Rahel schaut aus dem Fenster und entfizt sich mit den Fingern die Haare. Ausgerechnet heute. Die Vorstellung, mit Selma und den Kindern wegen des Wetters im Haus bleiben zu müssen, gefällt ihr nicht. *Pack Regensachen für die Kinder ein!* schreibt sie rasch in eine SMS, doch wahrscheinlich ist Selma schon auf dem Weg zum Bahnhof. Auch der Gedanke an das gemeinsame Mittagessen bereitet ihr Kopfzerbrechen. Um allen gerecht zu werden, müsste sie vier verschiedene Mahlzeiten kochen – eine für Peter und sich, eine für Selma und jeweils eine für Theodor und Maximilian.

Manchmal liegen sie auch Rahel auf den Lippen, die Drohungen und Ermahnungen der Alten: *Im Krieg wärst du verhungert. Es wird gegessen, was auf den Tisch kommt.*

Aber Selma und die Kinder sind ohne Mangel groß geworden. Und was hätten sie und Peter tun können? Einen künstlichen Mangel erzeugen, um den Wert der Dinge zu vermitteln?

In der Küche steht sie vor dem geöffneten Kühlschrank und geht die Möglichkeiten durch. Das einzige Gemüse, das allen schmeckt, ist Brokkoli. *Bäumchen* hat Selma als Kind dazu gesagt, und auch bei ihren Jungs gehen die grünen Röschen durch. Soweit sie sich erinnert, besteht auch keine Abneigung gegen Reis, solange es kein Vollkornreis ist. Damit steht das Essen fest, und als Peter von draußen hereinkommt – in bester Laune nach dem allmorgendlichen Schwimmen –, beschließt sie, ihr Bestes zu geben, um dieses Wochenende friedlich verlaufen zu lassen.

Gegen elf macht sich Peter auf den Weg zum Bahnhof. Er lässt das Fenster auf der Beifahrerseite herunter und hört laut »Über den Wolken«.

Eine Welle aus Liebe durchfährt sie. Niemand außer ihr weiß, dass Peter das Lied immer leise mitsingt, von der ersten Zeile an – *Wind Nordost, Startbahn null drei, bis hier hör' ich die Motoren …*, und dass er beim Refrain jedes Mal Gänsehaut bekommt.

Sie steht im Hof und sieht dem Auto hinterher, und der Storch steht neben ihr und scheint Peter jetzt schon zu vermissen. Und dann, nahezu zeitgleich mit dem Regen, kommen die Tränen. Sie kommen so unerwartet, dass Rahel einen kurzen Lacher ausstößt, bevor der Damm bricht. Laut schluchzend schleppt sie sich ins Haus zurück und lässt ihrer Verzweiflung freien Lauf.

* * *

Als Selma mit den Kindern aus dem Auto aussteigt, wärmt die Sonne bereits wieder mit ungebrochener Kraft.

Rahel geht ihnen entgegen. Es ist nicht leicht gewesen, die Spuren ihres kleinen Zusammenbruchs zu beseitigen, doch dank der Kühlkompressen, die sie im Kühlschrank gefunden hatte, sind ihre Augen rasch abgeschwollen. Den Rest hat ein teures Makeup erledigt.

Peter wird vom Storch mit wildem Flügelflattern begrüßt, und als die rotbraune Katze ebenfalls ihr Recht verlangt, schnappt der Vogel nach ihr.

»Die Tiere streiten um die Gunst deines Vaters«, sagt Rahel zu Selma, bevor sie sich kurz umarmen. Theo und Max warten neben dem Auto. Jeder hält einen Stock in der Hand. Sie starren gebannt auf den Storch, dann rennen sie auf ihn zu und wundern sich, als er das Weite sucht.

»Er hat sich erschreckt«, erklärt Selma. »Wenn

ihr ganz langsam hingeht, bleibt er vielleicht stehen.«

Doch ihre drallen kleinen Körper setzen sich schon wieder in Bewegung, diesmal in Richtung der geflüchteten Katze. Selma schüttelt lächelnd den Kopf.

»Jungs eben«, bemerkt sie nüchtern.

Im Übrigen sieht sie überraschend gut aus. Mutter zweier kleiner Kinder zu sein, hat keine Spuren hinterlassen. Selmas Lippenstift glänzt kirschrot wie immer, die ohnehin dichten Wimpern hat sie sorgfältig getuscht – sie ist eine schöne junge Mutter.

Für einen Moment schämt sich Rahel. Ihre Befürchtungen im Hinblick auf das Wochenende erscheinen ihr auf einmal grundlos, ja schlimmer noch – sie kommt sich herzlos vor. Selma sieht sich um, dann holt sie ihr Telefon aus der Handtasche und verzieht den Mund.

»Mist. Kein Empfang! Verdammtes Billignetz!«

Rahel zuckt die Achseln. »Wenn du dich auf den großen Findling draußen am Weg stellst, könnte es klappen. Ansonsten nimmst du mein Telefon.«

Selma nickt. »Schaut ihr kurz auf die Kinder?«, fragt sie und geht ohne abzuwarten los.

*

Als Selma vom Findling zurückkehrt, hat Rahel den Mittagstisch bereits gedeckt und ist gerade dabei, Obst für den Nachtisch zu schneiden. Die Jungs nehmen sich ohne zu fragen.

»Erst die Hände waschen!«, ruft sie und stellt ihnen einen Hocker vor das Spülbecken. Sie schauen nicht einmal auf. Gierig stopfen sie sich Apfelspalten, Bananenstücke, Aprikosen und Himbeeren in den Mund, alles gleichzeitig, und fangen dann prustend an zu lachen. Obstbrei quillt ihnen übers Kinn, Theo zieht sein T-Shirt hoch und wischt ihn damit ab. Max tut es ihm nach.

Selma setzt sich auf den Platz am Fenster, legt ihr Telefon auf dem Fensterbrett ab und fragt: »Warum habt ihr eigentlich kein eigenes Haus? Oder wenigstens eine Eigentumswohnung?«

Gerade rechtzeitig kommt Peter zur Tür herein. Er schmunzelt und greift sich mit gespielter Gier ebenfalls ein paar Obststücke. Theo protestiert lautstark. Dann sagt Peter nuschelnd und scheinbar unberührt von der Impertinenz seiner Tochter: »Weil wir Ossis sind. Niemand hat uns beigebracht, dass man nach Besitz streben muss. Niemand hat uns gelehrt, dass man bestenfalls das Geld für sich arbeiten lässt, anstatt selbst zu arbeiten. Die Grundregeln des Kapitalismus, liebe Selma, die haben deine Mutter und ich viel zu spät begriffen.«

Rahel wirft ihm einen dankbaren Blick zu. Sie reißt ein paar Küchentücher von der Rolle, wischt den Jungs ihre verklebten Hände ab und scheucht sie zum Waschbecken.

»Lass sie doch«, sagt Selma.

Rahel stöhnt. »Willst du, dass sie nachher von Wespen gestochen werden?«

Sie wischt den Jungs trotz ihrer Abwehr mit einem Waschlappen über die Gesichter.

»Jedenfalls …«, fährt Selma fort, »… erben meine Freunde aus dem Westen alle was.«

»Ich bin erst neunundvierzig«, flötet Rahel, »wenn du Pech hast, lebe ich noch vierzig Jahre.«

»So war's doch nicht gemeint, Mama.«

»Ihr erbt auch was«, geht Peter dazwischen. »Ein bisschen Geld und ein Bücherregal voller wertvoller Erstausgaben. Und das Gute ist doch, dass ihr die Chance habt, alles besser zu machen als wir.«

Selma wickelt sich stumm eine Haarsträhne um den rechten Zeigefinger. Rahel schweigt. Eines steht fest: Wäre Vincent nicht so selbstlos und fleißig, Selma würde in Armut untergehen. Schon nach zwei Semestern Sprach-, Literatur- und Kulturwissenschaften legte sie ein paar Urlaubssemester ein, weil Theodor im Anmarsch war, und als Theo eineinhalb und sie gerade so weit war, wieder einzusteigen, wurde sie schwanger mit Max.

»Wie geht es Vincent?«, fragt sie harmlos und sieht ihrer Tochter dabei in die Augen.

»Gut, gut … Ja, gut.«

Eine Antwort, die selbst Peter aufhorchen lässt. Sie sieht es an seinem schräg geneigten Kopf und dem häufigen Zwinkern.

Vincent ist ein Segen für Selma. Jeder weiß das, nur Selma nimmt ihn und seine Aufopferung für ihre junge Familie mit sorgloser Selbstverständlichkeit hin. Kennengelernt haben sie sich beim Beachvolleyball. Vince war dem frechen Mädchen in ihrem knappen Bikini sofort erlegen. Nach einem in kürzester Zeit durchgezogenem Studium der Wirtschaftsinformatik hatte er damals gerade als Trainee bei der Sächsischen Aufbaubank begonnen. In Selmas neunzehnjährigen Augen war er ein echter Mann, und als sie schon wenige Wochen nach ihrer ersten Begegnung verkündete, ihn heiraten zu wollen, war Rahel erst sprachlos und dann erleichtert gewesen. Vince war wie ein unsichtbares Netz, das einen hüpfenden Gummiball vor dem Abdriften bewahrte. Die Zeiten, in denen Rahel wegen Selma wach gelegen hatte, waren mit einem Schlag vorbei.

Mittlerweile ist er auf der Karriereleiter der SAB ziemlich weit hinaufgeklettert. Die genaue Berufsbezeichnung kriegt Rahel nicht zusammen, auch

Selma nicht. Es hat mit Daten und Sicherheit zu tun, das immerhin hat sie sich gemerkt.

Was ein mögliches Erbe angeht, ist von Vincents Familie noch weitaus weniger zu erwarten. Als Rahel das erste Mal nach den Eltern gefragt hatte, lautete Selmas Antwort: »Wendeverlierer.« In gleichgültigem Ton fügte sie hinzu: »Das Übliche: Betrieb geschlossen, Job weg, Anschluss verpasst. Krankheit, Depression und so weiter.«

»Warum ist Vincent nicht mitgekommen?«, hakt Rahel jetzt nach.

Selma stochert auf ihrem Teller herum und murmelt etwas von Arbeit und Stress. Dann fängt sie hastig an zu essen, wobei sie regelmäßig nach ihrem Telefon schielt. Theo lässt sich von seinem mit Kissen erhöhten Sitz unter den Tisch gleiten, und Rahel sieht mit Entsetzen, wie Selma ihm seinen Teller nach unten reicht.

»Er isst derzeit gern unter dem Tisch. Ich hab gelesen, dass das eine normale Phase ist. Wenn das Kind sich optimal entwickeln soll, darf man da nicht eingreifen.«

»Aha«, ist das Einzige, was Rahel über die Lippen bringt.

Max, den sie in einen alten Kinderstuhl verfrachtet haben, gebärdet sich wie ein Wilder. Er will auch unter den Tisch. Bevor der Stuhl unter dem Geschaukel zerbricht, zieht Peter den Jungen heraus und setzt ihn auf den Boden neben seinen Bruder.

»Erwarte bitte nicht, dass wir das verstehen«, sagt er zu Selma.

Selma räuspert sich.

»Wenn Essen mit Zwängen verknüpft wird«, erklärt sie betont langsam, »dann entwickeln die Kinder Essstörungen.«

»Dann müssten fast alle Menschen meiner Generation Essstörungen haben«, entgegnet Peter mit freundlicher Gelassenheit und fügt hinzu: »Ich glaube nicht, dass das so ist.«

Selma lässt ihr Besteck fallen.

»Ernsthaft, Papa? Müsst ihr mich sofort wieder in Frage stellen?«

»Er stellt nicht *dich* in Frage, Selma«, sagt Rahel energisch, »sondern die Annahme, dass Kinder, die am Tisch sitzen müssen, Essstörungen entwickeln. Du durftest übrigens auch nur am Tisch essen.«

»Sag jetzt bitte nicht, dass es mir nicht geschadet hat, Mama«, fährt Selma sie an. »Du hast ja keine Ahnung, was meine Therapeutin –«

»Deine Therapeutin?«

»Ja-ha! Ich habe eine Psychoanalyse begonnen. Dauert etwa drei Jahre, aber ich denke, es lohnt sich.«

»Psychoanalyse?«, echot Rahel. Im selben Moment landet irgendetwas Lauwarmes, Feuchtes auf ihrem rechten Fuß.

»Igitt!«, quietscht sie und zieht den Fuß zurück. Die Jungs unter dem Tisch kichern. Peter legt seufzend sein Besteck auf dem Teller ab, in einer A-förmigen Ich-esse-noch-Position, als gäbe es hier irgendwo einen Kellner, der den Teller sonst abräumen würde.

»Alles hat Grenzen«, sagt er müde. Dann zieht er die Jungen nacheinander unter dem Tisch hervor, setzt sie auf ihre ursprünglichen Plätze und fügt ein wenig überzeugendes »Schluss jetzt!« hinzu.

Während Rahel ihren Fuß von zerkautem Brokkoli befreit, läuft vor ihrem inneren Auge ein Film ab. Sie weiß genau, was Selma in den zwei- bis dreihundert Stunden analytischer Therapie alles ausbreiten wird, und da Selma noch immer ihren Mädchennamen trägt, wird es der Analytikerin nicht schwerfallen, eins und eins zusammenzuzählen. Schweigepflicht hin oder her, früher oder später wird es ihr bei irgendeinem Treffen mit anderen Therapeuten rausrutschen, dass die Psychologin und Psychotherapeutin Rahel Wunderlich ihr eigenes Kind total verkorkst hat. Oh, manchmal liegen sie ihr auf der Zunge, die unnötigen und falschen Sätze:

Wie kannst du mir das antun? Warum bist du so undankbar? Habe ich nicht alles für dich getan?

Aber es würde dadurch nur schlimmer werden, und außerdem wäre es gelogen.

Als Peter sein Besteck wieder aufnimmt und selbst Theo und Max halbwegs manierlich weiteressen, sieht Rahel ihrer Tochter in die Augen und denkt daran, wie sie sie im Alter von sechs Wochen weggebracht haben, mit ihrem ersten Westauto, einem alten Renault 5. Von Dresden aus sind sie an einem Samstagmorgen Richtung Osten gefahren, bis an den Rand der Sächsischen Schweiz, nach Sebnitz. Dort hat Peters Mutter das kleine Bündel in den Arm genommen und ins Haus getragen, wo alles schon vorbereitet war. Im Gästezimmer stand ein Gitterbett, in der Küche Milchpulver und Fläschchen, im Bad auf der Waschmaschine lag eine selbstgebaute Wickelvorrichtung. Anfangs holten Peter und Rahel ihr Baby an den Wochenenden nach Hause, doch nach einer Weile, besonders wenn Prüfungen anstanden, verlängerten sie die Abstände und fuhren nur einmal monatlich nach Sebnitz. Peters Mutter beschrieb Selma als unkompliziertes, quietschvergnügtes, stets lachendes Kind. Als Rahel viele Jahre später in einer Fortbildung davon hörte, dass dieses Verhalten typisch sei für Säuglinge von depressiven Müttern oder aus anderen Gründen emotional schwer vernachlässigte Babys, brach sie in Tränen aus. Peters Mutter hatte lange Jahre mit Depressionen gekämpft. Ihr das Baby anzuvertrauen schien ihnen damals die beste Lösung zu sein. Peter und sie konnten in Ruhe studieren, Peters Mutter bekam eine sinnvolle Aufgabe, und Selma war innerhalb der eigenen Familie betreut.

»Was starrst du mich so an?« Selma runzelt die Stirn. »Das ist gruselig.«

»Entschuldige«, murmelt Rahel und wendet sich wieder ihrem Essen zu. *Wenn du wüsstest,* denkt sie, und gleich darauf fällt ihr ein, dass sie es bald wissen wird. Analytiker beginnen mit dem Urschleim, und in Selmas Fall heißt das: frühkindliche Bindungsstörung.

Ob Selma die Tragweite begreift? Bisher hat sie die frühe Trennung nicht oft zum Thema gemacht. Einmal – Theo war sechs Wochen alt, genauso alt wie Selma damals – hat sie gefragt: »Wie konntet ihr ein so kleines Baby weggeben?« Ihr Blick war dabei fest auf Theo gerichtet gewesen, der friedlich in ihrem Schoß schlief. Dann, nach einer grüblerischen Pause: »Hat es dir nicht das Herz gebrochen?«

Diese zweite Frage schloss Peter aus. In Selmas Betrachtung brach nur das Mutterherz. Rahel hat irgendwas in Richtung *Es war schwer, aber es ging nicht anders* erwidert, und erstaunlicherweise hat Selma diese Antwort sofort akzeptiert. Aus professioneller Sicht völlig nachvollziehbar. *Meine Mutter hatte keine Wahl* war weniger schmerzhaft als: *Sie wählte den bequemeren Weg und opferte mich.*

Kein Zweifel, all das wird Selma ihr schon bald vor die Füße kotzen.

Nach dem Essen lassen Peter und sie das Schlachtfeld in der Küche zurück und trinken einen Kaffee auf der Bank neben der Haustür. Aus einem der oberen Fenster kreischen ihnen die Stimmen der Jungs entgegen. Bevor Selma mit ihnen das Zimmer bezog, hat Rahel sie sacht darauf hingewiesen, dass dieses Haus nicht ihres und die meisten Gegenstände alt seien. Selma hat gestöhnt, aber nicht protestiert – ein Zeichen dafür, dass sie den Grund der Mahnung kannte.

Peter sitzt in einem Abstand von einem guten Meter neben ihr. Er streichelt die einohrige Katze, die in monotonem Rhythmus mit dem Schwanz auf sein Hosenbein klopft. Ihr Schnurren ist so laut, dass es beinahe bedrohlich klingt. Seine ganze Aufmerksamkeit gilt diesem reizlosen Tier. Früher hätten sie sich nach solch einem Essen verschwörerisch angelächelt, und dieses wissende Lächeln hätte ihre Einheit betont. Heute ist Peter vollauf zufrieden, wenn ein alter Gaul, eine lädierte Katze und ein pflegebedürftiger Storch ihm Gesellschaft leisten.

Oben ebbt der Radau ab, und Selmas Stimme erklingt. Sie singt ihren Jungen ein Lied vor, und sie singt es so schön, dass Peter das Kraulen der Katze unterbricht und den Kopf hebt. Rahel sucht seinen Blick und bekommt ein Lächeln.

»Sie nimmt Gesangsunterricht«, klärt er sie auf. »Hat sie mir während der Autofahrt erzählt.«

Die Liste der mit Leidenschaft begonnenen Aktivitäten in Selmas Leben ist lang. Meist flachte die Begeisterung nach etwa vier bis sechs Wochen ab, und spätestens nach drei Monaten schrieb Rahel dann die Kündigung für die jeweilige Musik-, Tanz- oder Sportschule. Gesang ist, soweit sie sich erinnert, bisher nicht dabei gewesen.

Rahel hält ihr Gesicht in die Sonne. Sie blinzelt ein wenig und sieht einen Raubvogel am entwölkten Himmel kreisen. Im Zimmer der Kinder ist es still geworden. Gleich wird Peter aufstehen und sich für einen Mittagsschlaf zurückziehen. Sie hört die Worte, bevor er sie spricht, und dann sagt er sie tatsächlich, steht auf und geht ins Haus.

Jetzt ist der Moment für die Zigarette gekommen. Rasch geht sie mit ihrer leeren Tasse in die

Küche, um sich einen zweiten Kaffee zu machen, doch da steht Peter.

»Ich dachte, du wolltest dich hinlegen«, sagt sie, und es klingt beinahe vorwurfsvoll.

Er zeigt auf die überquellende Spüle. »Ich kann dich ja schlecht mit dem Chaos hier allein lassen.«

Gemeinsam bringen sie die Küche in Ordnung. Die Aufgaben sind klar verteilt, sie kommen sich nicht in die Quere. Als Peter schließlich gegangen ist und in Rahels Tasse frischer Kaffee dampft, nähern sich Schritte vom Korridor her.

»So, sie schlafen endlich«, sagt Selma und lässt sich auf einen Stuhl fallen. »Krieg ich auch einen?«, fragt sie mit einem Blick auf Rahels Kaffee.

Rahel wendet sich ab und öffnet den Geschirrschrank. Übertrieben lange sucht sie nach einer passenden Tasse, kontrolliert dabei ihre Mimik, die weder fröhlich noch genervt wirken soll und dreht sich dann mit einem halbwegs neutralen Gesichtsausdruck zu ihrer Tochter um.

»Alles okay?«, fragt Selma. »Du siehst irgendwie angestrengt aus.«

»Alles bestens.« Rahel setzt sich zu ihr an den Tisch und schenkt ihr ein.

»Ich hatte ganz vergessen, wie schön es hier ist«, stellt Selma fest. »Für die Kinder ist es ein Paradies.«

»Das ist es wohl«, meint Rahel seufzend.

»Ich bin die Einzige in unserem Freundeskreis, die nie sagen kann: *Wir bringen die Kinder zu den Großeltern aufs Land*«, beschwert sich Selma.

»Immer ich«, sagt Rahel und nimmt einen großen Schluck.

»Hä?«

»Das ist deine Wahrnehmung, mein Schatz«, erklärt sie. »Immer bist du *die Einzige,* der irgendwas widerfährt oder nicht widerfährt.«

»Na aber ist doch so!«

»Aber nun bist du hier. Auf dem Land. Mit den Großeltern.«

»Aber es ist nicht euer Haus.«

»Irgendwas ist immer«, antwortet Rahel vollkommen ruhig.

Selma lehnt sich so heftig zurück, dass der Stuhl zu kippen droht.

»Es hat keinen Sinn«, faucht sie. »Man kann einfach nicht mit dir reden.«

»Wirfst du Vincents Eltern eigentlich auch vor, kein Landhaus zu besitzen?«

Selma stößt einen hysterischen Lacher aus.

»Vincents Vater ist Früh-rent-ner. Und seine Mutter arbeitet als Ver-käu-ferin im Drogeriemarkt.«

»Und?« Rahel stellt sich dumm.

»Wovon sollen die sich ein Haus kaufen? Aber ihr? Papa ist Professor, du hast eine eigene Praxis. Ich wette, dass solche Leute im Westen mindestens eine Eigentumswohnung besitzen.«

Rahel wünscht sich, Peter wäre hier, um dieser wütenden jungen Frau die richtigen Antworten zu geben.

Ein Bild schießt ihr in den Kopf: Die winzige Selma, die in ihrem Gitterbettchen liegt und schreit. Doch niemand kommt, um sie zu trösten. Und sie erinnert sich an die stolzen Berichte von Peters Mutter: Mit sechs Monaten schlief Selma durch, mit achtzehn Monaten war sie tagsüber windelfrei, und sie lachte immer. So ein freundliches Kind, sagten die Nachbarn, so ein Sonnenschein.

»Ich geh mal ins Atelier«, sagt Rahel zu Selma, die angefangen hat, sich am Kopf zu kratzen, was sie immer tut, wenn sie nervös, wütend oder gelangweilt ist. Unzählige unnötige Läusebehandlungen hat Rahel deswegen durchgeführt. Seufzend steht sie auf und verlässt die Küche.

Drüben empfängt sie Stille. Sie schließt die Tür hinter sich und geht direkt zu der Werkbank, wo hinter den Büchern die Zigarette liegen muss. In einem breiten Sonnenstrahl tanzt der Staub, und ein dicker Brummer fliegt ein ums andere Mal gegen die Fensterscheibe. Ihr Blick fällt auf den Zettel: *Betet ohne Unterlass!*

Wie kommt er darauf? Inspiriert es ihn? Hält er das Beten aus irgendeinem Grund für nötig?

Es tut gut, die Gedanken von Selma auf Viktor zu lenken. Er steht ihr lebhaft vor Augen, wenn auch nicht in seiner heutigen Erscheinung. An Viktor erinnert sie sich stets als einen in seiner Kraft stehenden etwa vierzigjährigen Mann – groß und wuchtig, schlecht rasiert, mit leuchtend blauen, gütigen Augen und halblangen Haaren, die er im Nacken zusammengebunden hat.

Er war Mitglied im Verband Bildender Künstler der DDR gewesen. Er hat Preise gewonnen und durfte hin und wieder zu Studienzwecken ins nichtsozialistische Ausland reisen. Noch vor dem Mauerfall war er in Paris im Louvre gewesen. Das weiß sie genau, denn er hat ihr etwas mitgebracht. Ein Plakat der Nike von Samothrake, mit dem sie damals nichts anfangen konnte, das sie später jedoch rahmte und in der Küche ihrer ersten eigenen Wohnung aufhängte.

Viktor arbeitete immer, und dank der Mitgliedschaft im VBK fehlte es ihm – anders als den oppositionellen Künstlern – so gut wie nie an Materialien und Werkzeug. Einmal stritten Edith und Ruth deswegen. Edith hatte Viktor einen *Staatskünstler* genannt, und Ruth, die Beherrschte, hatte für einen Augenblick die Fassung verloren und harsche Worte für Edith und ihren damaligen Liebhaber gefunden, der ebenfalls Künstler, beim Staat jedoch weniger wohlgelitten war.

Anfang der 90er machte Viktor eine schwere Krise durch. Weil das Geld knapp war, nahm er private Aufträge an und stellte Skulpturen für die Gärten neureicher Hauseigentümer her. Kleine Nachbildungen der Venus von Milo oder des David von Michelangelo waren beliebt, und sein bis dahin maßvoller Alkohol- und Zigarettenkonsum steigerte sich ins Bedenkliche. Für seine eigenen Entwürfe interessierten sich die Auftraggeber nicht. Zu sperrig, zu abstrakt, nicht gefällig genug. Doch von irgendwas mussten Ruth und er leben.

Ruth hatte ihre Arbeit kurz nach der Wiedervereinigung verloren, als das Kulturhaus der Kreisstadt, in dem sie Ballettunterricht gegeben hatte und das von irgendeinem Kombinat betrieben worden war, samt dem Kombinat hatte schließen müssen.

Für Viktor wendete sich das Blatt nach einem guten Jahrzehnt. In den Nullerjahren schien man sich plötzlich an ihn zu erinnern, lud ihn zu Ausstellungen ein, schrieb Zeitungsartikel über ihn, und ein Berliner Galerist kam zu ihm aufs Land gefahren mit einem Vertragsentwurf in der Tasche.

Schlagartig war er berühmt geworden, praktisch über Nacht.

Endlich hält Rahel die Zigarette zwischen den Fingern. Sie dreht ihre Hand ein wenig hin und her, greift nach dem Feuerzeug.

»Was ist das denn, Mama? Stresszigarette?«

Selma steht in der geöffneten Tür. Ein warmer Luftzug streift Rahels Arme. Sie sieht, wie eine der Katzen an Selma vorbeihuscht und irgendwo hinter der großen Ruth-Skulptur verschwindet.

»Achtung, die Katze!«, ruft sie. »Wie sollen wir die hier wieder rauskriegen?«

»Tür offen lassen«, sagt Selma und schlendert gemächlich herein.

Rahel legt Feuerzeug und Zigarette weg.

»Es muss großartig sein, so etwas aus dem Nichts zu schaffen«, sagt Selma nach einem Rundumblick. Sie berührt eine noch unfertige Holzskulptur auf einem der Tische. Dann dreht sie sich abrupt zu Rahel um. »Es gibt nichts, was ich wirklich richtig gut kann«, sagt sie und fügt nach ein paar Sekunden hinzu: »Außer vielleicht zeichnen.«

Aus den Augenwinkeln sieht Rahel die Katze vorbeieilen. Zum Glück Richtung Ausgang.

»Oh ja, du konntest schon immer gut zeichnen«, bestätigt Rahel. »Und du singst sehr gut. Außerdem bist du … eine liebevolle Mutter.«

Den letzten Teil sagt sie leise, fast flüsternd. Als sie das kurze Leuchten in den Augen ihrer Tochter sieht, will sie Selma in den Arm nehmen und sie um Verzeihung bitten. Doch was dann? Die Büchse der Pandora wäre geöffnet, Selma würde vor Selbstmitleid zerfließen, niemandem wäre geholfen.

Rahel tritt ein Stück näher an Selma heran und betrachtet die Skulptur.

»Aus Wurzelholz«, sagt Selma.

Rahel nickt und verzichtet darauf, sie zu korrigieren. Es ist eine Maserknolle, von den meisten fälschlicherweise als Wurzelholz bezeichnet. Bei genauerem Hinsehen erkennt Rahel in der Form eine zusammengerollte Katze. Die Oberfläche ist glatt und dunkel und von außergewöhnlich schöner Struktur. Nur der Katzenkopf wirkt unvollendet. Selma fährt mit den Fingern darüber.

»Guck doch mal, das ist die Einohrige! Das wäre doch ein tolles Geschenk für Papa zum Geburtstag. Kannst du Viktor fragen, ob wir sie kaufen können?«

»Ich weiß nicht, ob Viktor gerade den Kopf frei hat für solche Anliegen. Ich weiß ja nicht einmal, was er noch versteht und ob er sprechen kann.«

Rahel schluckt. Ihr Vorstellungsvermögen verweigert konsequent das Bild eines alten, hinfälligen Schlaganfallpatienten. *Weil, so schließt er messerscharf, nicht sein kann, was nicht sein darf,* würde

Peter jetzt sagen, und damit ganz nebenbei seinen unbegrenzten Zitatenschatz unter Beweis stellen.

»Selma?« Es ist Peter, der ruft. Gleich darauf steht er in der Tür, mit Theo auf dem Arm.

»Oh mein Spatz!«, sagt Selma und nimmt den Jungen aus Peters Armen entgegen.

»Max schläft noch.«

Peters Haare sind zerstrubbelt, das Hemd falsch zugeknöpft. Wahrscheinlich hat Theo ihn aus seinem Mittagsschlaf gerissen. Theo presst sich für einen Augenblick ganz dicht an seine Mutter und steckt den Daumen in den Mund. Doch schon ein paar Sekunden später stößt er sich ab und will runter. Der kleine Racker in Viktors Allerheiligstem – das ist zu viel für Rahels Nerven; bevor er Schaden anrichten kann, scheucht sie ihn sanft nach draußen. Selma folgt ihnen nach, die Missbilligung über die Vertreibung steht ihr ins Gesicht geschrieben.

Bis zur Abendbrotzeit verteilen sie sich. Peter ist mit Baila und Theo aufgebrochen, Selma und Max sind zur Badestelle gegangen.

Rahel arbeitet im Garten. Der Regen hat alles aufgefrischt. Sie geht mit Gartenschere und einem Abfallbehälter umher, schneidet vertrocknete Blüten und tote Triebe von den Gewächsen, entfernt gelbe Blätter vom Rhododendron, düngt die Hortensien und die Rosen und bringt eine Handvoll Lavendelblüten in ihr Zimmer, wo sie sie in ein Taschentuch wickelt und zwischen ihre Kleider legt. Gestern ist eine Motte durchs Zimmer geflogen.

Sie beschließt, auch in Peters Zimmer Lavendelblüten zu verteilen, hört dann aber das Telefon unten klingeln.

Es ist Ruth. Sie fragt kurz nach den Tieren und ob es ihr und Peter gutgehe, tut die Nachricht über Selmas Aufenthalt mit einem ungeduldigen »Jaja, kein Problem« ab und kommt ohne Umschweife auf Viktor zu sprechen.

»Er ist nicht mehr derselbe«, sagt sie und schweigt eine Weile. Rahel hört so wachsam in die Stille hinein, dass sie kurz das Atmen vergisst. Viktor könne zwar laufen, aber nur langsam und hinkend, er könne zwar sprechen, aber nur in kurzen Phrasen, er könne zwar essen, vergesse es aber schlicht. Seine Lage sei ihm völlig klar, seine Zeit als schaffender Künstler vorbei. Die Feinmotorik sei zerstört, der Umgang mit den Werkzeugen unmöglich geworden. Zwar machten ihm die Neurologin und der Physiotherapeut Hoffnungen, aber die langen Zeiträume, von denen sie sprächen, entmutigten ihn.

»Dieser Mann ist mein Leben, Rahel«, sagt Ruth leise. »Aber er ist einfach … nicht mehr … derselbe.«

Wieder schweigt sie, und Rahel meint, ein unterdrücktes Schluchzen zu hören, aber als Ruth sich verabschiedet, klingt ihre Stimme fest und entschlossen wie immer.

Die kämpferischen Naturen gehen Rahel näher als die larmoyanten. Irgendwann in ihrer strapaziösen Pubertät hat auch Selma das herausgefunden.

»Komisch, dass du ausgerechnet Psychologin geworden bist«, hat sie gesagt, sich eine Handvoll Chips in den Mund geworfen und kauend hinzugefügt: »Dabei liebst du nur die Gewinner. Vor schwachen Menschen hast du keine Achtung.«

Rahel hat sich nicht verteidigt. Obwohl es nicht stimmte; der Sieg war ihr nicht wichtig, es war der Kampf, vor dem sie Achtung hatte.

Sie geht in den Hof hinaus und sieht Peter mit Baila kommen. Theo sitzt stolz auf dem Pferd und hält sich an der Mähne fest. Ein energisches »Brrr!« bringt die Stute zum Stehen, und Theo lässt sich vom Pferderücken direkt in Peters Arme gleiten.

»Wir sind sogar getrabt!«, berichtet Peter. »Der Junge ist vollkommen furchtlos.«

Lachend schüttelt er den Kopf, dann führt er Baila zum Stall.

Auch Selma kommt mit Max auf den Schultern singend um die Ecke gebogen, geht in die Hocke, um ihn runterzulassen, und hat gleich darauf Theo im Arm. Kein Wunder, dass sie oft so erschöpft und gereizt ist. Die Kinder kleben an ihr. Sie hängen auf ihrem Rücken, sitzen auf ihren Schultern oder wollen in ihren Armen gehalten werden. Dabei können sie beide längst laufen.

Diese Art von Nähe hat Rahel weder mit Selma noch mit Simon erlebt. Sie hätte sie haben können, aber niemand hat damals seine Kinder herumgeschleppt. Sie lagen in Stuben- und Kinderwägen und standen später in Laufgittern, bis sie schließlich selber laufen konnten. Es waren die frühen 90er, im Osten hatte man Wichtigeres zu tun, als Babys durch die Gegend zu tragen. Sie konnten froh sein, überhaupt geboren worden zu sein! Der Geburtenknick nach dem Ende der DDR war kolossal. Von Rahels ehemaligen Klassenkameradinnen haben viele nur ein Kind bekommen und einige gar keins.

*

Das Abendessen verläuft erstaunlich ruhig. Theo stopft sich ein Stück Leberwurstbrot nach dem anderen in den Mund und kaut genießerisch. Hin und wieder schiebt Selma ein Stück Gurke oder Apfel dazwischen. Max, der aus gutem Grund einen Latz mit Ärmeln trägt, löffelt Grießbrei mit Apfelmus. Als Peter ihr Wein einschenken will, hält Selma die Hand über ihr Glas.

»Ihr wisst schon, dass ihr Alkoholiker seid?«, fragt sie in einem freundlich-überlegenen Ton, der Rahel einen Lacher entlockt.

»Da brauchst du nicht lachen«, sagt Selma.

»*Zu* lachen«, verbessert Rahel.

Und dann essen sie weiter, als wäre nichts geschehen, und Peter erzählt noch einmal in allen Einzelheiten von seinem Ausflug mit Baila und Theo, von Bailas Angst vor Hochständen, wehenden Planen, Holzstößen und auffliegenden Vögeln. Jedes Mal ist die Stute ein kleines Stück zur Seite gesprungen, hat die Ohren angelegt, und Theo hat gelacht und »Hops!« gerufen.

Als er hört, wie über ihn gesprochen wird, lächelt er schelmisch und wiederholt ein paar Mal das »Hops!«.

Gegen acht bringt Selma die Kinder ins Bett. Sie scheint mit ihnen eingeschlafen zu sein, kommt jedenfalls nicht wieder. Auch Peter zieht sich zurück. Rahel wartet bis zehn, dann geht sie ein bisschen enttäuscht und ein bisschen erleichtert in ihr Zimmer.

Man weiß nie, wohin sich die Gespräche mit Selma entwickeln, und morgen ist auch noch ein Tag.

Samstag

In der Nacht hat es wieder geregnet, und als Rahel am Morgen das Fenster ihres Zimmers öffnet, weht ihr vom Wald her ein frischer, kühler Luftzug entgegen.

Wegen der Kinder hat sie mit Ohropax geschlafen. Dieses Wegstöpseln von der Welt hat Peter ihr empfohlen. Er selbst schläft schon seit Jahren nicht mehr anders. Mittlerweile weiß auch sie die Ruhe zu schätzen. Wie in Watte gehüllt nur nach innen zu horchen, nachts nicht mehr bereit stehen zu müssen tut nach fast zwei Jahrzehnten Kinderaufzucht gut. Für die nächtlichen Befindlichkeiten von Theo und Max ist Selma verantwortlich.

Der gestrige Tag ist so friedlich verlaufen, dass Rahel den bevorstehenden freudig begrüßt. Sie rollt die Yogamatte aus und streckt sich. Draußen erklingen der Ruf eines Mäusebussards und das Klacken von Hufen auf dem gepflasterten Innenhof. Peter bringt Baila zur Koppel. Sein Mitleid für die Stute wächst Tag für Tag.

»Ein Herdentier ohne Herde«, hat er gestern kopfschüttelnd gesagt, »wenn wenigstens noch ein zweites Pferd da wäre.«

»Sie hat doch dich«, hat Rahel schmunzelnd erwidert und sich einen vielsagenden Blick eingefangen.

Das Klacken der Hufe verhallt, und auch der Bussard schweigt. Aber die Stimmen der Jungs sind im Hof zu hören.

»Kommt mal mit, wir gucken, ob die Hühner Eier gelegt haben«, ruft Selma ihnen munter zu, und gleich darauf rennen sie johlend los.

Rahel ist allein im Haus. Sie stellt ihre Füße hüftbreit auf die Matte, streckt die Arme nach oben, atmet ein und beginnt den Kreislauf der vertrauten Bewegungen. Zehnmal wiederholt sie die Abfolge des Sonnengrußes, dann fühlt sie sich aufgerichtet und gewappnet für den Tag.

In der Küche begegnet sie Peter, der ihr im Vorübergehen kurz über den Arm streicht. Noch Minuten später spürt sie die Berührung, und als sie sich am Tisch gegenübersitzen, scheint sich der Raum zwischen ihnen verringert zu haben. Dann geht die Tür auf, und Selma und die Jungs platzen in die zarte Stimmung dieses Morgens.

* * *

Nach dem Frühstück nimmt sich Rahel ein weiteres der verwahrlosten Blumenbeete vor, während sich der Rest der Familie zum See aufmacht.

»Vielleicht fahre ich noch mal zur Kaufhalle«, ruft Rahel ihnen hinterher, und Selma dreht sich um und ruft zurück: »Sag nicht immer Kaufhalle. Es heißt Su-per-markt!«

Eine gute Stunde arbeitet Rahel an dem Beet. Am Ende kniet sie davor und betrachtet das Ergebnis; sie legt ihre Hände auf die weichen, feuchten Krumen, gräbt ihre Finger hinein und verharrt eine Weile. In ihrer Vorstellung zieht sie wie eine Pflanze Kraft aus der Erde. Sie lächelt über das Bild, das sie abgibt, aber keiner sieht sie, keiner stört sich daran. Dann – einer jähen Eingebung folgend – steht sie auf, wäscht sich die Hände in einer der Regentonnen und geht ins Atelier.

Rahel betrachtet die Zeichnungen, eine nach der anderen. Sie wartet darauf, dass sie zu ihr sprechen. Jene, auf denen sie als Kind zu sehen ist, lösen einen stechenden Schmerz in ihr aus. Im Gesicht des kleinen Mädchens liegt der Ausdruck verfrühter Reife. Viktor hat eine Verlorenheit sichtbar gemacht, an die sie sich gut erinnern kann.

Ihre Mutter hätte sie davor bewahren können. Rahel hätte Edith nicht einfach gehen lassen dürfen. Wäre Ruth nicht die ganze Zeit dagewesen, hätte sie nicht wie festgeklebt am Bett der Sterbenden gesessen, dann hätte Rahel vielleicht den Mut gehabt, ein letztes Mal zu insistieren. Wirklich abgenommen hat sie ihrer Mutter die Geschichte nie, dass jegliches Suchen nach Rahels Vater vergeblich gewesen sei.

Nun ist es zu spät. Mit Ediths Tod wurde auch die Wahrheit begraben.

Und wenn es Viktor ist? Es wäre Edith zuzutrauen.

Sie packt die Blätter zurück in die Schublade, nimmt die Zigarette in die Hand, dreht sie unschlüssig hin und her und legt sie wieder weg. Der Gedanke ist ungeheuerlich. Eine Lebenslüge diesen Ausmaßes. Sie stützt sich mit beiden Händen gegen den Graphikschrank. Dann stürmt sie über den Hof ins Haus und hoch in ihr Zimmer. Hektisch sucht sie nach ihrem Telefon und wählt Tamaras Nummer.

»Hallo Tamara«, sagt Rahel und fügt geradeheraus hinzu: »Ich werde dich jetzt etwas fragen, und ich möchte, dass du mir unbedingt die Wahrheit sagst. Es ist wirklich –«

»Danke der Nachfrage, Rahel«, unterbricht Tamara sie. »Es geht mir den Umständen entsprechend gut. Bernd, könntest du bitte gucken, dass der Reis nicht anbrennt? Ich telefoniere gerade mit meiner Schwester. So, da bin ich wieder.«

»Tamara, bitte!«

»Na schön. Was willst du wissen?«

»Hat unsere Mutter je mit dir über meinen Vater gesprochen? Weißt du, wer er ist?«

»Na sag mal! Glaubst du, das hätte ich dir vorenthalten?«

Rahel zieht Luft ein. »Ich weiß es nicht. Darum frage ich dich ja.«

»Das ist typisch. Du unterstellst mir immer das Schlechteste. Früher war ich angeblich immer neidisch auf dich und deinen Mann und deine tollen Kinder, jetzt bin ich auch noch eine Lügnerin.«

»Das habe ich nicht gesagt.«

»Aber darauf läuft's hinaus, Rahel.«

Dann, nach einer Pause und mit müder Stimme: »Rahel, ich habe keine Ahnung, wer dein Vater ist. Unsere Mutter hat nie mit mir darüber gesprochen. Und im Moment habe ich weitaus größere Sorgen. Bernds Augen verschlechtern sich. Sein Gesichtsfeld verengt sich mehr und mehr. In ein, zwei Jahren wird er blind sein. Unser Sohn kann kaum seine Miete bezahlen, im Messebau ohne Messen … Tja, manche trifft die Pandemie eben härter als andere. So sieht's bei uns aus, Rahel. Ich bin bald die Einzige, die hier verdient.«

»Tut mir leid, Tamara. Das tut mir wirklich aufrichtig leid.«

»Naja, es ist eben, wie es ist. Ich muss jetzt wieder in die Küche.«

Als Rahel das Telefon zur Seite legt, schießt eine Hitzewelle durch ihren Körper. Das Naheliegendste war ihr nicht in den Sinn gekommen: Sie hätte Tamara Hilfe anbieten müssen. Unverzüglich beginnt sie, eine Nachricht zu tippen, doch bevor sie sie abschicken kann, kommt Selma herein.

»Kann ich mal mit dir sprechen, Mama?«

Ohne eine Antwort abzuwarten, geht sie an ihr vorbei und setzt sich aufs Bett.

»Kann sein, dass ich mich von Vince trenne«, sagt sie, hebt den Kopf und verschränkt die Arme. Und dann fängt sie an zu schluchzen. Herzzerreißend zu schluchzen. Ihr Körper bebt, ihre Hände zittern, und Rahel setzt sich eilig zu ihr und zieht sie in ihre Arme.

* * *

Als Selma nach dem Mittagessen mit den Kindern nach oben geht, bleiben Peter und Rahel in der Küche zurück. Er räumt das Geschirr in die Spülmaschine, sie kocht Kaffee. Draußen, auf einer Bank hinter der Scheune, lassen sie sich nieder.

»Du musst ihr das ausreden«, sagt Peter beschwörend, »sie hat nicht *einen* handfesten Grund ... Ihre *Gefühle* hätten sich irgendwie verändert.« Er fährt mit den Händen durch die Luft. »Ihre Gefühle! Verändert! Erklär ihr bitte, dass das normal ist. Gefühle verändern sich. Unsere Gefühle haben sich auch verändert.«

Rahel wirft ihm einen misstrauischen Blick zu, den er nicht zu bemerken scheint.

»Aber sie schlafen nicht mehr miteinander«, gibt sie zu bedenken, »und sie hat sich verliebt ...«

»Na dann schlafen sie halt eine Weile mal nicht miteinander. Und was das Verliebtsein angeht –«

»Peter! Sie ist jung. Da spielt so etwas noch eine Rolle.«

Er schüttelt den Kopf.

»Männern wird immer vorgeworfen, wir wären triebgesteuert, aber so langsam habe ich das Gefühl, dass ihr Frauen uns auch in dieser Hinsicht überholt.«

Beinahe entfährt ihr ein Lachen, doch seine ungewöhnliche Gereiztheit hindert sie daran.

»Ihr nennt es natürlich anders«, fährt er fort. »Bei euch heißt es dann emanzipiert!«

»Was ist denn plötzlich los mit dir?« Rahel rückt ein Stück von ihm weg.

»Nichts. Ich werde nur nicht tatenlos zusehen,

wie unsere Tochter aus einer Laune heraus ihre Familie zerstört. Außerdem ist unsere Wohnung nicht mehr geeignet für so viele Menschen.«

»Was meinst du damit?«

»Ach! Hat sie dir das nicht gesagt? Sie möchte mit den Kindern erst mal zu uns ziehen. Schließlich hat sie keinen Job und kein Geld.«

Rahels »Nein!« kommt ohne Zögern. Was Peter weiter sagt, rauscht über sie hinweg. Während er darüber sinniert, dass Selma in ihrer Sprunghaftigkeit wohl doch ein wenig nach Edith geraten sei, baut sich vor Rahel ein Bild auf: Ihre im Chaos versunkene Wohnung, Theo und Max mit schokoladenverschmierten Mündern und Händen, sie selbst am Herd stehend und Peter in sein Zimmer fliehend. Die Einzige, die in diesem Bild fehlt, ist Selma. »Nein, das geht nicht«, hört sie sich mit fremder Stimme sagen.

»Im Notfall ginge es schon«, erwidert Peter, »aber das ist kein Notfall. Sie hat sich in einen windigen Typen verguckt, der irgendwas mit Kunst macht.«

»Elektroakustische Installationen«, erklärt Rahel.

»Elektroakustische Installationen!«, wiederholt er genervt und fügt hinzu: »Der perfekte Job, um eine Familie zu ernähren. Absolut krisensicher.«

Rahel legt ihre Hand auf seinen Arm und wird zurückgewiesen.

»Ich gehe noch ein Stück«, murmelt er, steht auf und läuft quer über die angrenzende Wiese Richtung Wald.

In Herbststimmung kehrt Rahel zum Haus zurück. Sie nimmt einen Umweg und sieht Selma von weitem auf dem Findling stehen. Das Telefon am Ohr schwankt sie bedrohlich hin und her, gestikuliert heftig mit dem freien Arm und wirft immer wieder den Kopf in den Nacken. Von einer plötzlichen Trägheit ergriffen, schleicht Rahel vorüber. Unversehens bietet sich ihr ein merkwürdiger Anblick: Der Storch schreitet flankiert von vier Katzen über den Hof. Er scheint in den letzten Tagen an Selbstbewusstsein gewonnen zu haben. Geradezu unverfroren steuert er die Haustür an und beginnt an der Schwelle wild zu flattern. Die Katzen stieben fauchend auseinander, aus der Ferne ist Bailas Wiehern zu hören. Was wird das? Eine Verabredung zum Aufstand? Rahel pirscht sich heran und macht »Ksch! Ksch!«, um Meister Adebar zu vertreiben. Mittlerweile ist es so heiß geworden, dass sie nichts anderes will als ins Haus. Das unerwartete Hindernis ärgert sie. »Ksch! Ksch!«, macht sie noch mal, aber der Storch weicht nicht zur Seite. Sie nimmt einen Besen, der an der Hauswand lehnt, und fegt damit in seine Richtung. Endlich stakst er davon, ohne Eile und ziemlich unbeeindruckt, aber die Tür ist frei.

In ihrem Zimmer angekommen, legt sie sich aufs Bett. Peter hat recht – Selma muss zur Vernunft gebracht werden. Sie schließt die Augen und entwirft ein paar kluge Sätze, gespickt mit allem, was die berufliche Erfahrung sie gelehrt hat: Lob und Wertschätzung und die Anerkennung aller Widersprüchlichkeiten. Auch auf die Schuldzuweisungen stellt sie sich ein und schwört sich, selbst überzogensten Anschuldigungen ruhig standzuhalten.

In ihrer Praxis erlebt sie es täglich. Woran die Eltern alles schuld sein sollen! Nach heutigen Maßstäben hätte man Edith das Sorgerecht entziehen müssen. Und der Hälfte aller anderen Eltern auch. Allein das sparsame Loben würde Empörung hervorrufen. Erst kürzlich beklagte sich eine junge Klientin darüber, dass ihre Eltern sie immer nur für besondere Leistungen gelobt hätten. *Wofür denn sonst?*, hätte Rahel beinahe gefragt, sich aber gerade noch besonnen und es anders formuliert.

»Ich vermute, dass das Lob dann auch einen ganz besonderen Wert für Sie hatte.«

Als lediglich ein Achselzucken kam, fragte sie weiter.

»Hätten Sie Ihre Eltern ernst genommen, wenn sie Sie ständig für Selbstverständlichkeiten gelobt hätten? Wäre Ihnen das Lob dann noch wichtig gewesen?«

Die junge Frau fing an, auf ihrer Unterlippe herumzubeißen, zuckte erneut mit den Achseln. Rahel gab ihr die Frage als Hausaufgabe mit. Wie so viele bewertete auch diese junge Klientin alles mit dem Maßstab des Idealen anstatt des Realen. Die zwingende Folge ist das Scheitern.

Auch bei Selma entdeckt sie solche Tendenzen. Murmelnd probt Rahel die Rede, die sie ihr halten wird. Aus kurzen, klaren, freundlichen Sätzen baut sie ihrer Tochter eine Brücke der Verständigung. Sie schließt die Augen, aus dem Murmeln wird allmählich ein Nuscheln, und dann verschwimmen die Gedanken, und sie sinkt in einen oberflächlichen Schlaf.

Als sie erwacht, erschrickt sie. Es kommt ihr vor, als habe sie Stunden gelegen, dabei sind gerade einmal dreißig Minuten vergangen. Sie steckt sich vor dem Spiegel die Haare hoch und klopft je einen Tupfer Creme unter den Augen ein.

In der Küche sitzt Selma mit stierem Blick am Tisch. »Er will die Kinder«, stößt sie hervor, noch ehe sich Rahel setzen kann.

»Wer will die Kinder?«

»Vincent!«

»Jetzt mal langsam und von vorn.«

»Vince und ich haben uns am Telefon gestritten, und ich habe ihm gesagt, dass ich nicht weiß, ob das mit uns weitergehen kann, und da hat er gesagt, dass ich ja gehen kann, aber die Kinder bleiben bei ihm.«

»Moment mal. So was könnt ihr doch nicht am Telefon besprechen. Du kannst doch nicht am Telefon deine Ehe beenden.« Das Bild, wie Selma mit wehendem Kleid und dem Telefon am Ohr auf dem Findling stand, taucht vor ihr auf. Unwillkürlich schüttelt sie den Kopf.

»Er hat mich provoziert und –«

»Inwiefern provoziert?«

»Er wollte wissen, ob Theo und Max auch nicht zu spät ins Bett gehen. Und ob sie auch ja nicht barfuß laufen, weil sie noch keine Tetanus-Impfung bekommen haben und, ach – lauter so ein Zeug eben. Immer weiß er alles besser!«

Rahel schweigt.

»Jaja«, setzt Selma bissig nach, »für dich und Papa ist Vince der Beste.«

»Wir schätzen ihn, und das bedeutet auch, dass wir dich wertschätzen. Du hast ihn dir schließlich ausgesucht.«

»Aber es war ein Fehler, Mama!«

»Ihr habt zwei Kinder, so falsch kann es also nicht gewesen sein.«

Rahel hat Peter nicht kommen hören. Sein Gesicht ist gerötet, Schweißflecken zeichnen sich unter den Achseln seines ansonsten tadellosen Hemdes ab. Er nimmt sich ein Glas, füllt es unter dem Wasserhahn und trinkt es in einem Zug aus. Dann setzt er sich zu ihnen.

»Die Kinder sind natürlich kein Fehler«, gibt Selma zu.

»Das ist doch eine gute Ausgangsposition.« Peter streicht Selma übers Haar, und in der folgenden halben Stunde weist sie die elterlichen Vorschläge zur Lösung des Konflikts zumindest nicht direkt zurück. Kurz bevor sie alle von einem Poltern im Treppenhaus aufgeschreckt werden, hat Rahel sie sogar so weit, einer Paarberatung zuzustimmen.

Beim Anblick der Kinder geht ein Leuchten über Selmas Gesicht. Max trägt nichts am Körper bis auf eine verdächtig tiefhängende Windel und einen deutlich zu großen Gummistiefel am rechten Fuß, Theo hat den passenden linken Gummistiefel an, ansonsten ist er nackt. Flink klettert er auf Selmas Schoß. Von dieser sicheren Position aus wehrt er Max' unbeholfene Versuche, ebenfalls hinauf zu gelangen, mit ernster Miene ab. Jedes Mal, wenn sich

Max' kleine Hände in Selmas Kleid krallen, schiebt Theo seinen Bruder kraftvoll weg.

»Nein, Theo«, sagt Selma mit sanfter Stimme und gibt ihm einen Kuss. Rahel zieht scharf Luft ein, schnappt sich Max und nimmt ihn hoch.

Mach mich nicht zu schnell zur Großmutter. Zehn Jahre Pause brauche ich mindestens, war einer der letzten Sätze, die sie Selma am Tag des Auszugs aus dem Elternhaus mitgegeben hat. Nicht, dass sie wirklich geglaubt hat, Selma hielte sich daran, aber gesagt haben wollte sie es.

Max ist keineswegs zufrieden mit der Lösung.

»Mamaaaa!«, quengelt er und streckt Selma seine Arme entgegen. Wie viel Kraft in dem kleinen Körper steckt! Rahel hält ihn fest umschlungen, dennoch windet er sich beinahe aus ihrem Griff.

»Maaamaaa!« Theo schmiegt sich noch enger an Selma und schaut mit kalter Neugier auf seinen Bruder. Von Mitgefühl keine Spur. Selma seufzt, dann stellt sie Theo auf den Boden.

»Ich gehe noch mal zum Findling«, sagt sie, nimmt ihr Telefon und verschwindet.

Bevor die Kinder ihrer Mutter hinterherlaufen können, schließt Peter die Tür und bleibt wie ein Wächter dort stehen. Rahel verspricht ihnen, Eierkuchen zu machen. Das besänftigt sie für den Moment.

»Wen ruft sie jetzt an? Vincent oder den Installateur?«, fragt Peter.

»Vincent ist mein Papa!«, erklärt Theo.

Rahel wirft Peter einen scharfen Blick zu und legt den Zeigefinger auf den Mund. Der Junge ist aufmerksamer, als sie dachte.

»Geh mal hoch und zieh dich an«, sagt sie zu ihm. Dann sucht sie die Zutaten für den Teig zusammen und schickt Peter mit Max ins Bad, um die Windel zu wechseln.

Theo kommt lediglich mit einem T-Shirt bekleidet zurück in die Küche getapst.

»Oma, weißt du was?«, ruft er gegen das Geräusch des Rührgeräts an.

»Was denn?«, ruft Rahel zurück.

»Mein Papa hat geweint.«

Sie schaltet das Rührgerät aus und dreht sich zu ihm um. Theo reibt sich die Augen und imitiert ein lautes Schluchzen.

»Und meine Mama hat so gemacht.«

Er nimmt eine Tasse vom Tisch und schmeißt sie auf den Boden, bevor Rahel es verhindern kann. Mit schief gelegtem Kopf betrachtet er die Scherben.

»Kaputt«, stellt er fest, klettert auf einen Stuhl und setzt sich sehr gerade hin.

»Erwachsene streiten sich auch, genauso wie Max und du. Aber sie vertragen sich auch wieder«, sagt Rahel und ist selbst wenig überzeugt. Sie kehrt die Scherben mit einem Handfeger zusammen.

Als der erste goldbraune Eierkuchen Stück für Stück in Theos Mund verschwindet, atmet sie durch. Es ist, wie alle sagen: Kleine Kinder, kleine Sorgen. Große Kinder, große Sorgen. Dass Selma sich nicht einmal vor den Kindern zusammenreißt, ist kein gutes Zeichen.

Für den Rest des Tages lässt sie das Thema ruhen. Peter scheint ebenso wenig interessiert zu sein, das Gespräch weiterzuführen. Bis zum Abend hält die friedliche Stimmung an, über das Essen hinaus bis zum Schlafengehen. Morgen, denkt Rahel, bevor sie das Licht löscht, werden wir weitersehen.

Sonntag

Mitten in einem Sonnengruß stürmen Theo und Max ins Zimmer.

»Bin gleich wieder da«, ruft Selma vom Korridor aus.

Die Jungs springen zu Rahel auf die Matte und beginnen wild herumzuturnen.

»Wo ist Opa?«, fragt Rahel in der Hoffnung, die beiden noch einmal loszuwerden.

»Bei den Hühnern«, rufen sie gleichzeitig. Gleich darauf balgen sie sich, und mit einem Seufzer überlässt Rahel ihnen die Matte. Sie geht nach nebenan ins Bad, wo sie sich im Spiegel betrachtet. *Ich würde mir nicht hinterherschauen,* denkt sie.

Wenn sie Pech hat, wird sie nie wieder begehrt werden. Wird sich nie wieder in einen Rausch der Leidenschaft fallen lassen. Stattdessen wird sie sich wie so viele alternde Frauen auf die Enkelkinder stürzen und in der Pflege dieser jungen, kraftvollen Triebe eine andere Art Erfüllung finden und sich und ihre Bedürfnisse nach und nach vergessen.

Und dieses Vergessen wird dafür sorgen, dass sich ihre Weiblichkeit allmählich neutralisiert und man sie bald nicht mehr als Frau ansieht, sondern nur noch als Großmütterchen.

Sie nimmt ein Handtuch und legt es sich über den Kopf. Dann zieht sie eine scheußliche Grimasse und lugt zu den Kindern rüber, die bei ihrem Anblick das Toben unterbrechen und zu kreischen anfangen.

Später treffen sie sich alle in der Küche. Selma macht einen frischen, geradezu sonnigen Eindruck, der auch Peter nicht entgeht.

»So fröhlich heute Morgen«, sagt er.

Selma grinst und zuckt die Schultern, als wollte sie sagen: Warum auch nicht? Ihr ausgelassenes Schäkern mit den Kindern und ihr gesunder Appetit wecken Rahels Misstrauen. Als die Jungs ihren Haferbrei gelöffelt haben und nach draußen laufen, fragt sie geradeheraus. Selma scheint schon darauf gewartet zu haben.

»Ich glaube …«, erklärt sie feierlich, »… dass ich endlich weiß, was ich beruflich machen möchte.«

Peter zieht überrascht die Augenbrauen hoch, und Rahel entfährt ein »Ach!«

»Ihr wisst doch, wie gern ich zeichne. Für Theo habe ich letztens eine Bildergeschichte gemalt. Und es gibt in Leipzig einen Studiengang für Buchkunst und Illustration –«

»In Leipzig?«

»Ja, in Leipzig!«, bestätigt Selma mit trotziger Entschiedenheit und wirft Rahel einen finsteren Blick zu. »Leipzig soll sowieso viel cooler sein als Dresden.«

»Und die Kinder?«, fragt Rahel sofort.

»Das muss man dann sehen … Ich hab' das ja noch nicht zu Ende gedacht.«

»Das scheint mir auch so«, bemerkt Peter.

Selma blickt von einem zum anderen. Sie schürzt die Lippen und kneift die Augen zusammen.

»Ihr seid solche … solche …«

»Spießer?«, fragt Peter schmunzelnd und fügt hinzu: »Wir sind deine Eltern, Selma, nicht deine Freunde. Unsere Aufgabe ist es nicht, dir nach dem Mund zu reden, sondern auch mal Dinge anzusprechen, die dir missfallen.«

Ohne ein weiteres Wort stürmt Selma zur Tür hinaus. Mit ihren Einfällen Schritt zu halten ist unmöglich. Gestern noch war sie der Meinung gewesen, eine Paarberatung könnte helfen, heute – vermutlich nach einem Telefonat mit dem Elektroakustiker – will sie ihr Leben umkrempeln. Rahel verbirgt das Gesicht hinter den Händen und bleibt stumm am Tisch sitzen.

»Hey«, Peter legt ihr eine Hand auf die Schulter, »du weißt doch, wie sie ist. Viel Lärm um nichts.«

»Da bin ich mir nicht so sicher«, murmelt sie.

Schon immer hat sie es als Zumutung empfunden, wie Selma ungefiltert noch die unfertigsten Ideen herausposaunt. Sie hatte beinahe vergessen, wie viel Kraft es sie kostet, das eigene Gleichgewicht dabei zu halten.

Durchs Fenster sieht sie Selma mit Max auf dem Arm. Er presst seine kleinen Hände auf die Wangen seiner Mutter, sagt etwas, das Selma zum Lachen bringt, und windet sich gleich darauf aus ihren Armen.

Rahel durchfährt es kalt. Daran hat sie lange nicht mehr gedacht – dass auch sie heute Mutter eines Kleinkindes sein könnte.

Kurz nach ihrem fünfundvierzigsten Geburtstag stellte sie fest, schwanger zu sein. Sie war in erster Linie wütend darüber. Wütend auf sich selbst und ihre Nachlässigkeit. Sie erinnerte sich kaum an den Liebesakt, während andere Paare weiß Gott was tun, um schwanger zu werden. Wütend auf Peter, weil ihr Körper die Prozedur eines Abbruchs aushalten musste, während er unbehelligt blieb. Wütend auf seine Reaktion.

Als sie es ihm erzählte, blickte er sie freudig erstaunt an, doch sie fauchte: »Peter! Ich bin fünfundvierzig!«

Damit war die Sache entschieden. Termine wurden gemacht, der Abbruch vorgenommen und kaum ein weiteres Wort darüber verloren. Den Kindern sagten sie natürlich nichts davon.

»Ich geh mal raus zu ihr.« Peter reißt sie aus ihren Gedanken. Sie nickt und denkt, dass Menschen, die keine Kinder haben, in gewisser Weise Kinder bleiben. Es können großartige Menschen sein, doch eine bestimmte Dimension wird ihnen immer fehlen.

Draußen spricht Peter mit Selma. Er hat die Arme vor der Brust verschränkt, seine Lippen bewegen sich unaufhörlich. Selmas Blick geht schräg nach oben in den wolkenlosen Himmel. Die Jungs sind nicht zu sehen, nur ihre Stimmen kann Rahel hören.

Dann steht sie auf und geht hinaus.

»Theo! Max!«, ruft sie. »Kommt, wir gehen zum See.«

Und die Jungs kommen angerannt, und Peter wirft ihr einen dankbaren Blick zu.

Den ganzen Nachmittag scheint Selma vor ihnen zu flüchten. Auch den Kindern gegenüber verhält sie sich abweisend. Mal geht sie zur Toilette und bleibt eine Ewigkeit dort, dann wieder zum Findling, um Verbindung mit der Außenwelt aufzunehmen, wie sie sagt. Sie schleicht sich davon, während die Jungs Pudding mit Himbeeren löffeln und kommt erst nach einer vollen Stunde zurück. Ohne Erklärung.

»Lass sie«, sagt Peter. »Sie verarbeitet.« Im Übrigen habe er den Eindruck, Selma entwickle zum ersten Mal Ehrgeiz; ganz abtun können sie die Sache also nicht.

Selmas mangelnder Ehrgeiz ist während der Schulzeit ein echtes Problem gewesen. Bekam sie in einer Klassenarbeit eine Vier, war sie keineswegs enttäuscht, sondern verkündete mit ihrem entwaffnenden Lächeln, dass man für eine Vier die Hälfte habe wissen müssen, und die Hälfte sei ziemlich viel. Sie wurde wütend, wenn Rahel sich sorgte und fragte, warum sie schon mit dem Geringsten zufrieden sei, statt nach dem Besten zu streben. Als Selma älter wurde, warf sie Rahel vor, sie nur zu lieben, wenn die Leistungen stimmten. Es gab zermürbende Diskussionen, lange Abende am Küchentisch mit Tränen, Vorwürfen und anschließend schlaflosen Nächten. Die Wirkung war gleich null. Während sie Simons Ehrgeiz stets bremsen mussten, schien Selma gar keinen zu haben.

Darüber hinaus fing Selma in jener Zeit an, sich

wirklich aufreizend zu kleiden. Ihre Aufmachung zwang praktisch jeden zum Hinsehen. Selma nannte die, deren Blicke länger als einen Augenblick auf ihr ruhten, perverse Schweine, und als Peter sie aufforderte, sich wenigstens in der Schule halbwegs normal anzuziehen, und Rahel die Frage wagte, ob Selma es gut fände, wenn ihre Lehrer mit halb heraushängenden Penissen zum Unterricht erscheinen würden, antwortete sie mit einem entrüsteten Schnauben und einem verächtlichen Lachen.

Sie saßen es aus, indem sie es wie eine Krankheit behandelten – mit Geduld und einem Kloß aus Angst im Hals. Sie hofften, dass ihr Mädchen täglich unbeschadet nach Hause zurückkehren würde und die Phase vorüberginge. Und sie ging vorüber. Wie so viele andere Phasen auch.

Simon, der nicht halb so viel Wirbel verursachte, bekam auch nicht halb so viel Aufmerksamkeit. Er glitt durch die Pubertät, ein paarmal betrank er sich, ein paarmal kam er nicht zur verabredeten Zeit nach Hause. Das war's. Im Zentrum seines Lebens stand der Sport. Die Schule bereitete ihm keine Mühe. Zu Peters Bedauern verschmähte er die Belletristik, las aber alles, was die häusliche Bibliothek an Geschichtsbüchern zu bieten hatte.

Rachel wundert sich nicht, dass ihre Erinnerung von Selma dominiert wird. Und von Selmas Freundinnen, die in Scharen bei ihnen ein und aus gingen. Sie belagerten die Küche, feierten Koch- und Backorgien, hörten laute Musik und schlugen alle anderen Familienmitglieder in die Flucht. Sie drängten sich im Bad, um sich die Haare zu färben, verdarben Handtücher, verpesteten den Raum mit dem Gestank von Blondierungsmitteln und hauchten bei Begegnungen im Korridor mit zuckersüßen Stimmchen *Hallo, Frau Wunderlich*. Sie blockierten stundenlang den Balkon und rauschten irgendwann im Pulk und unter großem Abschiedstamtam wieder ab. Häufig jedoch – und das waren die schlimmsten Tage – übernachteten sie alle in Selmas Zimmer und plünderten nachts den Kühlschrank.

Wenn Simon Besuch bekam, dann höchstens eine Person, die er in seinem Zimmer empfing. Er schloss die Tür und blieb dort.

Am späten Nachmittag, vor dem Abendessen der Erwachsenen, mampfen Theo und Max zufrieden Spirelli mit Tomatensauce. Rahel sieht ihnen erschöpft dabei zu.

Immerhin – sie sitzen. Am Tisch.

Max nimmt eine einzelne Spirale und versucht sie langzuziehen. Als sie zerreißt, wirft er sie auf den Boden.

»Nein!«, schimpft Rahel.

»Lass meinen Bruder in Ruhe!«, ruft Theo wütend.

Unterdessen krümelt Max weitere Nudeln unter den Tisch. Theo haut ihm mit Wucht auf die Finger und brüllt: »Nein!«

Sein beifallheischender Blick spricht Bände, doch Rahel schweigt dazu.

Nur dieser Abend noch. Und ein Vormittag. Dann kehrt Ruhe ein.

Woche 2

Montag

Selma steht mit einer Tasse Kaffee in den Händen vor dem Radio. Sie hat es so laut gestellt, dass die Stimme des Nachrichtensprechers die Kinder übertönt.

Schnurstracks geht Rahel auf das Gerät zu und stellt es leise. Sie will keine Nachrichten hören.

»Gibt's was Neues in der Welt?«, fragt sie und bemüht sich, so gelassen wie möglich zu klingen.

»Kaum Frauen in Führungspositionen, das gibt es«, verkündet Selma empört. »Die Männer kleben an der Macht. Das ist unglaublich. Deutschland schneidet total schlecht ab. Schlechter als Polen!«

»Na dann …«, sagt Rahel aufmunternd.

Selma wirft ihr einen misstrauisch fragenden Blick zu.

»Was hält eine junge Frau wie dich davon ab, Wirtschaft zu studieren und eine Spitzenposition einzunehmen?«, fragt Rahel, und schon während sie es ausspricht, ahnt sie, dass sie besser geschwiegen hätte.

»Entschuldige bitte!«, entgegnet Selma scharf und zeigt mit ausgestrecktem Arm und durchgedrücktem Zeigefinger auf Theo und Max, die unterm Tisch sitzen und ihren Frühstücksbrei löffeln.

»Aha«, erwidert Rahel, geht in die Hocke und flötet mit süßer Stimme: »Na, ihr kleinen Karriereverhinderer, wollt ihr euch vielleicht zu mir nach oben setzen?«

»Du kannst nicht anders, oder?« Selmas Stimme klingt jetzt müde. »Du musst mich runtermachen.«

Rahel steht auf, seufzt und macht einen Schritt auf ihre Tochter zu. »Ich will dir nur zeigen, dass die Sache komplexer ist, als sie zu sein scheint. Dass nicht nur männliche Machtgier, sondern auch persönliche Lebensentscheidungen von Frauen eine Rolle spielen.«

»Na dann sag das doch so, anstatt mich anzugreifen … mit Simon würdest du nicht so reden.«

Rahel spürt, wie die Scham ihre Wangen erhitzt. Selma hat recht. Allerdings redet Simon auch nicht so viel Blödsinn. Die Naivität ihrer Tochter schreit nach Korrektur. Diese Einteilung der Menschen in Täter und Opfer! Diese kindliche Weltsicht!

»Entschuldige bitte«, sagt sie dennoch zu Selma, um die letzten gemeinsamen Stunden nicht zu verderben.

Theo und Max lassen ihre Schüsseln unter dem

Tisch zurück und rennen nach draußen. Gleich darauf kommen sie aufgeregt wieder herein, zerren an Rahel und Selma und blicken ernst und erschreckt aus weit aufgerissenen Augen. Draußen im Hof zeigen sie ihnen den Grund für die Erregung. Auf dem Deckel eines alten Plastikeimers liegen tiefgefrorene Eintagsküken und Mäuse, die später der Storch bekommen soll. Die Fliegenschutzhaube, die Peter darübergestülpt hatte, ist von den Jungs beiseite geschoben worden, und der Haufen toter Tierchen zieht nun die Katzen und Insekten an.

»Alle tot«, stellt Theo klar und zuckt mit den Schultern.

Ungerührt schauen sie später dem Storch beim Fressen zu; Selma macht ein paar Fotos mit ihrem Telefon und sagt völlig unvermittelt: »Eigentlich könnten wir noch ein paar Tage bleiben.«

Peter hebt langsam den Kopf. Dann antwortet er mit ruhiger Bestimmtheit: »Nein.«

Weiter nichts. Nur dieses klare, allumfassende *Nein.*

Als der Aufbruch ansteht, geht Peter nervös im Hof umher. Immer wieder blickt er sich um, auf der Suche nach Selma, die *nur noch einmal kurz* zum See hinunter wollte. Die Jungs sitzen im Auto und pressen ihre Nasen gegen die Scheibe. Lang werden sie nicht dort aushalten. Endlich kommt Selma angeschlendert, betont langsam, mit Leidensmiene und Vorwurfsblick.

Rahel streicht ihr über den Arm. »Na komm. Es hat keinen Sinn, das aufzuschieben. Vincent und du, ihr müsst reden und euch Hilfe suchen.«

»Auf geht's!«, mahnt Peter und hält ihr die Tür auf. Und dann fahren sie aus dem Hof hinaus, und Rahel geht ihnen bis zum Findling hinterher und winkt dabei ohne Pause.

Genauso sind Viktor und Ruth früher mitgegangen. Viktor lief meist ein Stück hinter Ruth, und wenn Ruth das Winken eingestellt und sich schon umgewandt hatte, stand er noch immer dort, mit festem Blick und erhobenem Arm. Rahel hing stets über der Rücklehne des Trabis und schrie den kleiner werdenden Gestalten wieder und wieder »Tschühüss!« zu, und auch Tamara tat Jahr für Jahr das Gleiche: »Schrei nicht so laut! Du nervst!«, war ihr Text gewesen, und dann vergrub sie sich tief im Sitz, während Edith am Lenkrad mit von Tränen verschleiertem Blick die Richtung zu halten versuchte.

Die Beklemmung presst Rahel den Magen zusammen, und sie weiß nicht: Ist es die Erinnerung oder das Jetzt, was ihr in die Eingeweide fährt?

Nachdenklich geht sie zum Haus zurück. Sie kann es nicht leugnen, Selmas Abfahrt erleichtert sie. Das schlechte Gewissen jedoch hebt die Erleichterung auf; übrig bleibt das Gefühl, versagt zu haben.

Langsam steigt sie die Treppen hinauf. Alles hier drinnen kommt ihr plötzlich schäbig vor – die fleckigen Wände, die durchgetretenen Holzstufen, der abgegriffene Handlauf. Gesprungene Fliesen, Schränke, die sich nicht mehr schließen lassen, Fenster, die nie geputzt werden.

Sie quält sich ein paar Seiten lang durch den Roman, den ihr die Buchhändlerin zu Hause angepriesen hat, doch die Geschichte packt sie nicht.

Sie geht im Zimmer umher, schaut aus dem Fenster, erblickt den Storch und die Einohrige und bildet sich ein, dass die Tiere feindselig zu ihr zurückschauen.

Die Zeit bis zu Peters Rückkehr dehnt sich und zieht sie in eine bodenlose Schwermut. Draußen brennt die Sonne. Wie im Zeitraffer versengt sie alles Grüne und Blühende. Rahel hätte am frühen Morgen gießen sollen.

Sie rafft sich auf und geht zum Postkasten, der sich außerhalb des Grundstücks befindet und an einem dicken Holzpfahl angebracht ist. Er ist groß genug, um selbst Pakete zu fassen, und hat einen

Deckel, der mit über den Rand hinausstehender Dachpappe versiegelt ist, so dass bei Regen oder Schnee kein Wasser ins Innere gelangt. Viktor und Ruth haben die Gefahr ungewollter menschlicher Begegnungen auf ein Minimum reduziert – eine Lebensweise, die auch Peter sehr entgegenkommt. Der Kasten ist leer. Rahel läuft einmal um die Gebäude herum, beobachtet die Hühner in ihrem eingezäunten Garten, zupft hier und da ein paar trockene Blätter von Stauden und Büschen und stellt sich vor, wie es wäre, für immer hier zu leben. Die Sommer wären herrlich, aber von Oktober bis April gäbe es nichts als endlose Arbeit, trostlose Wintertage, fußkalte Räume, stinkende Tiere und immer dieselben Kleider. Der Großteil ihrer Garderobe wäre hier nutzlos. Untauglich für Hof und Garten. Zu extravagant für das Dorf.

Wäre sie an Stelle von Ruth, sie würde sich nicht die gleiche Mühe machen und sich täglich herausputzen, mit Lippenstift und Wimperntusche und einer soldatischen Haltung. Nein. Rahel würde sich vermutlich gehenlassen.

Sie sucht sich eine Bank im Schatten und lässt sich nieder. Mit geschlossenen Augen dämmert sie eine Weile vor sich hin, so lange, bis das Auto zu hören ist, die Wagentür zuschlägt und Peter sich mit vorsichtigen Schritten nähert.

»Ich war noch einkaufen. Und ich hab uns was Warmes zu essen mitgebracht. Asiatisch. Vietnamesisch, glaube ich.«

Rahel lächelt müde und folgt ihm in die Küche, wo gleich darauf ein penetranter Geruch aus den geöffneten Assietten quillt.

»Willst du wissen, was Selma mir noch erzählt hat?«

»Lieber nicht«, antwortet sie ehrlich.

»Es geht um den elektroakustischen Installateur«, übergeht Peter ihren Wunsch und fährt fort: »Er hat bereits vier Kinder.«

»Von wie vielen Frauen?«

»Zwei.«

Rahel schiebt das Essen beiseite.

»Das hättest du mir auch später erzählen können. Jetzt ist mir der Appetit vergangen.«

Peter nimmt die Stäbchen aus der Papierhülle und positioniert sie ungeschickt zwischen den Fingern.

»Sie sagt, er inspiriere sie.«

»Und was hast du gesagt?«

»Dass sie sich inspirieren lassen soll, aber deswegen nicht ihre Familie zerstören muss.«

Rahel starrt ihn an.

»Du hast ihr zu einer Affäre geraten?«

»Nicht konkret. Aber ja, ich habe versucht, ihr

begreiflich zu machen, dass so was passieren kann. Dass Gefühle an- und abschwellen und sie keine übereilte Entscheidung treffen soll.«

Ein entgeistertes »Aha« ist alles, was sie entgegnet. Hätte er damals für sie nur halb so viel Verständnis aufgebracht!

Sie hat ihn betrogen, vor fünfzehn Jahren auf einer Fortbildung für Systemische Therapie, mit Alex, einem ehemaligen Leistungsschwimmer, Psychologen und Coach. Ein Mann, der sie geradeheraus gefragt hat, ob sie mit ihm schlafen wolle. Er habe sie gesehen und sofort gewollt, und wenn es ihr auch so ginge, dann solle sie ihm ein Zeichen geben. Irgendetwas, eine Botschaft, einen Blick. Das Tagungshotel lag am Rand des Taunus, in den freien Stunden hatte sie spazieren gehen wollen. Drei Tage fast ohne Schlaf, während Peter mit den Kindern zu Hause den Alltag stemmte. Er schickte ihr Nachrichten, die sie kurz und mechanisch beantwortete: *Es geht mir auch gut. Ich denke an euch und vermisse euch. Küsse für dich und die Kinder.* Die Worte gingen ihr leicht von der Hand, während ihr Körper glühte. Sie hatte nicht gewusst, wie dunkel ihr Begehren war.

Und dann, zurück in Dresden, ihre unnötige Beichte, Peters Entsetzen und sein monatelanges, quälendes Schweigen.

Immer wieder fällt ihm das Essen von den Stäbchen. Rahel stülpt den Aludeckel über ihre Assiette und stellt sie in den Kühlschrank.

»Ich esse später«, sagt sie und geht hinaus.

Bis zum Abend meidet sie ihn. Die flirrende Hitze lähmt jegliches Tun. Kein Vogel singt, die Katzen haben sich verkrochen, der Storch steht regungslos an einem Schattenplatz im Hof. Peter hat sich in sein dunkles Zimmer zurückgezogen. Die Gesellschaft der Autoren reicht ihm völlig. Der leichteste Weg zu seiner Aufmerksamkeit führt über die Bücher, die er liest. Wenn sie die Themen aufgreift, mit denen er sich beschäftigt, entspinnen sich selbst nach den vielen Ehejahren noch gute Gespräche. Doch selbst dafür fehlt ihr gerade die Kraft und sogar das Interesse.

Sie schlendert zum Hühnergarten und sieht den Hennen beim Sandbaden zu. Sie wälzen sich im Schatten zweier Apfelbäume, gackern und plustern sich auf. Am Himmel zieht ein Bussard seine Kreise. Hinter dem Hühnergarten beginnt der Weg zur Pferdekoppel. Uralte Kirsch- und Pflaumenbäume säumen ihn, manche davon bereits abgestorben. Auch zwei Mirabellenbäume, deren reife Früchte von Wespen umschwirrt werden, stehen dazwischen. Ruth hat ihr irgendwann einmal erzählt, dass es sich um die *Frühe Mirabelle Bergthold* handele – ein Name, der nach altem Adel klingt.

Baila steht unter einem Baum, gleich neben der Tränke. Sie schlägt mit ihrem Schweif die Fliegen weg und wackelt mit den Ohren. Alle tun, was sie tun müssen – jedes Huhn und jedes Pferd und Peter sowieso. Nur Rahel weiß nichts mit sich anzufangen. Sie kann sich nicht ausstehen an diesem lähmend heißen Tag. Sie ist sich selbst zu viel und wünscht sich, jemand würde ihr die Last des eigenen Daseins für einige Stunden abnehmen.

Dienstag

Es ist erstaunlich«, sagt Peter, als Rahel gegen acht Uhr die Küche betritt, »wie hellsichtig Pasolini gewesen ist.«

»Guten Morgen«, erwidert sie, füllt Wasser in den Wasserkocher und schüttet Kaffeepulver in die Stempelkanne.

»Vor fünfundfünfzig Jahren«, fährt er ungerührt fort, »hat er darüber geschrieben, wie die Konsumgesellschaft Kulturen zerstört.«

Für ein paar Sekunden übertönt der Wasserkocher seinen Vortrag, und er schweigt. Als Rahel sich ihm mit einer Scheibe Toast auf dem Teller gegenübersetzt, fängt er wieder an. Sie kennt das Thema, sie haben es oft besprochen. Es ist eine der Ansichten, die sie bedingungslos teilen: Der Universalismus und die Gleichheit auf allen Ebenen sind hehre Ziele mit fatalen Folgen. Eine vielfältige und kulturell reiche Welt wird mehr und mehr nivelliert, das Besondere vernichtet, das Eigene zerstört. Übrig bleibt einzig: der Konsum.

Wie viele Abende lang haben Peter und sie darüber diskutiert, doch wie bei allem, was Rahel als verloren ansah, erlosch eines Tages ihr Interesse. Gegen Unabänderliches lehnt sie sich nicht auf. Sie spart ihre Kraft für die nützlichen Kämpfe.

Während sie ihren Kaffee trinkt, hört sie ihm dennoch zu. Seine Augen leuchten. Die unstillbare Neugier auf Wissen hat Peter sich stets bewahrt.

»Pasolini nennt den Konsum den neuen Faschismus.« Er blättert in dem schmalen Buch, legt einen Finger auf die Stelle und liest sie ihr vor. In der Leidenschaft des Denkens verausgabt er sich, und Rahel muss zugeben, in dieser Hinsicht viel von ihm gelernt zu haben.

Am Anfang ihrer Beziehung haben sie oft die gleichen Bücher gelesen und nach der Lektüre darüber gesprochen. Sie haben Themenabende veranstaltet, an denen sie sich zu zweit oder mit Freunden mit einem bestimmten Gegenstand auseinandersetzten. Immer hat Peter sie dazu aufgefordert, erst auf Distanz zu gehen und dann multiperspektivisch auf das Problem zu schauen. Es war ein Training des Denkens, das sie freudig mitgemacht hat und das ihr bis heute nützt.

Noch immer bemüht er sich, seinen Schützlingen an der Uni diese Art des freien Denkens und des Reflektierens der eigenen Urteile beizubringen –

mit abnehmendem Erfolg und zunehmendem Frust. Das Virus und die damit einhergehenden Einschränkungen kamen Peter gelegen. Seine Präsenz im Universitätsgebäude war im Sommersemester nicht mehr gefragt. Per Videokonferenz vermittelte er das Nötigste, der Rest war ihm egal geworden.

»In der Philosophie wärst du besser aufgehoben gewesen als in der Literaturwissenschaft«, bemerkt sie mit einem Lächeln. »Ich glaube, du überforderst deine Studenten am laufenden Band.«

Überrascht schaut er auf. Er nimmt die Brille ab und runzelt die Stirn. »Jeder, der ein geisteswissenschaftliches Studium aufnimmt, sollte am Denken selbst interessiert sein, findest du nicht?«

»Doch, natürlich!«, pflichtet sie ihm bei, »aber du hast ein Idealbild vom umfassend gebildeten Studenten einer längst vergangenen Epoche, als Studieren die Ausnahme und nicht die Regel war.«

»Da hast du recht«, sagt er lächelnd, setzt die Brille wieder auf und fragt zu ihrem Erstaunen: »Bekomme ich auch einen Kaffee?«

Rahel steht auf und holt ihm eine Tasse aus dem Schrank. Auf der Tasse steht *Tja …* Sie schenkt ihm ein und freut sich über sein Schmunzeln.

Ein Hauch der alten Tage weht sie an, und sie denkt daran, was sie entfremdeten Paaren immer zu Anfang sagt: *Erinnern Sie sich an die Zeit, als Sie verliebt waren. Was haben Sie an Ihrem Mann/Ihrer Frau geliebt?*

Diese Frage kann Rahel mühelos beantworten: Peters Klugheit, seine Attraktivität, seine Verlässlichkeit, seinen Humor.

Nichts davon hat er verloren, und darum will sie ihn nicht verlieren.

Sie weiß, was da draußen los ist. Der hart umkämpfte Partnermarkt verlangt den Suchenden einiges ab. Die »Ware« ist gebraucht und beschädigt. Sie hat Schrullen und Macken, Krankheiten und Ängste, und es fehlt ihr in der Regel an Flexibilität. Wer mit fünfzig noch einmal von vorn beginnt, findet Menschen, die mit anderen gewachsen, von anderen geformt worden sind – zurechtgebogen, zurechtgestutzt und nicht mehr bereit, sich ein weiteres Mal zu biegen oder biegen zu lassen. Auch Peter und sie würden wollen, dass man sie nimmt, wie sie sind. Jahrzehntelanges Austarieren liegt hinter ihnen. Sie sind weit gekommen miteinander.

Wenn sie gefragt wird, wie lange sie schon verheiratet ist, nennt sie die Zahl mit leisem Stolz. Kaum eins der Paare, die sie im Laufe ihrer Ehe kennenlernten, schaffte die Silberhochzeit, und selbst Selma und Simon haben den Wert der stabilen Elternehe irgendwann erkannt. Leider führt das

Begreifen nicht zur Nachahmung, wie Selma zur Stunde beweist. Und was Simon angeht: Solange die Freundin seinen Trainingsplan nicht stört, darf sie bleiben. Will sie mehr, muss sie gehen.

Peter schnippt mit den Fingern. »Wo bist du mit deinen Gedanken?«

»Bei unseren Kindern«, antwortet Rahel mit einem tiefen Seufzer.

»Du siehst dabei aus, als hättest du Schmerzen«, stellt er schmunzelnd fest.

»Naja … Selma, mit ihrer histrionischen Persönlichkeit und Simon, der vor lauter Ehrgeiz und Disziplin vergisst zu leben.«

Peter macht diesen Gesichtsausdruck, der ihr sagen soll: Du übertreibst.

»Wie kommst du denn jetzt darauf?«, fragt er.

Sie winkt ab. »Kann ich dir nicht erklären.«

Er schiebt seine Tasse zur Seite und greift über den Tisch nach ihrer Hand.

»Mach aus unseren Kindern keine Patienten. Simon kommt sehr gut zurecht, und Selma –«

»Selma hätten wir als Baby nicht zu deiner Mutter geben dürfen«, fährt sie dazwischen und zieht ihre Hand abrupt zurück. »Ihr Verhalten zeigt eindeutige Symptome einer frühkindlichen Bindungsstörung.«

»Mag sein. Aber wer hat eigentlich keine Bindungsstörung? Du hast mit Sicherheit eine, und ich –«, ein bitteres Lachen entfährt ihm. »So liebevoll wie meine Mutter mit Selma damals umgegangen ist, das hätte ich auch gern mal erlebt.«

Er beugt sich ein Stück über den Tisch und sucht ihren Blick.

»Selma braucht von dir keine Analyse, Rahel. Sie braucht dich als Mutter.«

Als ob sie das nicht wüsste. Doch zwischen Wissen und Tun steht eine Hürde, und nicht immer hat sie die Kraft, sie zu überwinden.

* * *

»Wir sind nicht allein an unserer Badestelle«, sagt Peter und weist mit dem Fuß auf einen gebrauchten Mund-Nasen-Schutz im Sand. Dann stakst er nackt ins Wasser. Zum ersten Mal fallen ihr die kleinen Fettröllchen an seinem unteren Rücken auf. Wie lange hat sie ihn eigentlich schon nicht mehr nackt gesehen? Doch bevor sie ihn genauer betrachten kann, taucht er mit einem Sprung ins Wasser ein.

Rahel setzt sich auf ihr Badetuch und bemerkt die herzförmig in den Sand gesteckten Zigarettenkippen links von ihr. In der besten aller Welten – ein Gedankenspiel, das sie häufig mit Peter gespielt hat – würde niemand seinen Müll einfach liegen lassen. Sie sammelt die Stummel in ein Taschentuch und denkt an die Zigarette im Atelier. Heute Abend, zu einem Glas Wein, wird sie sie rauchen, ganz ohne sich zu verstecken. Soll Peter denken, was er will.

Sie sieht ihn weit draußen auf dem See gleichmäßig ab- und wieder auftauchen. Am Sonntag wird er fünfundfünfzig Jahre alt. Ein Geschenk hat sie noch immer nicht.

Sie zieht ihr Kleid aus und auch die Unterwäsche und blickt sich um. Es ist niemand zu sehen. Langsam geht sie in den See hinein. Das Wasser ist so klar, dass sie bis auf den Grund sehen kann. Schwärme kleiner Fische ziehen an ihr vorüber. Sie möchte Peter entgegenschwimmen, ein kleines Stück wenigstens. In der besten aller Welten würde er dann seine Hände auf ihren Körper legen und sie küssen, bis sie gemeinsam untergehen.

Peter scheint sie nicht zu bemerken; er schwimmt auf dem Rücken und wirbelt beim Kraulen das Wasser auf. Sie ruft ihn, doch er hört sie nicht. Erst als sie sich auf einer Höhe befinden, erwischt sie seinen Blick.

»Du traust dich ja weit raus heute«, ruft er ihr zu. Für ein paar Sekunden schwimmt er auf der Stelle, freut sich über das saubere Wasser und den herrlichen Rundumblick auf den Wald, dann legt er die letzte Strecke brustkraulend zurück. Sie sieht ihn aus dem Wasser steigen und sich abtrocknen. Er dehnt und streckt sich und hält sein Gesicht für einen Moment der Sonne entgegen.

Die beste aller Welten ist ein Spiel für Phantasten.

Zum Mittagessen serviert er ihr einen bunten Salat mit zerbröseltem Fetakäse. In der Salatschüssel herrscht wilde Anarchie: winzig geschnittene Paprikawürfel zwischen daumendicken Gurkenscheiben.

»Wolltest du mal was Verrücktes machen?«, fragt sie eine Spur zu bissig.

Er grinst und füllt ihren Teller.

»Hast du eigentlich vor, die ganzen drei Wochen auf dem Hof zu verbringen?«

Er zuckt die Achseln. »Ich sehe keinen Grund, mich von hier wegzubewegen.«

»Wir könnten einen Ausflug machen.«

»Wohin denn?« Er kaut und schüttelt den Kopf. »Ist doch schön hier.«

Noch zwölf Tage liegen vor ihnen. Um dem Nachmittag ein wenig Struktur zu geben, plant Rahel, erst Ruth anzurufen, dann spazieren zu gehen und dann die Lage bei Selma zu ergründen, um sie anschließend mit Peter zu besprechen.

»Rahel«, sagt Ruth mit müder Stimme.

»Ja, ich bin's«, erklärt Rahel unnötigerweise, und dann fragt sie nach Viktor und hört Ruths nüchterner Schilderung des Dramas zu, das sich in Ahrenshoop bei herrlichem Wetter abspielt.

Viktor verkrafte den Ausblick auf das, was vor ihm liegt, nur schlecht. Er habe immer gesagt, dass ein solches Leben für ihn nicht lebenswert sei, und nun solle sie ihm helfen, es zu beenden. Ja, Rahel habe richtig gehört. Beenden. Aber das könne sie selbstverständlich nicht. Und sie wolle es auch nicht. Allerdings habe sie es vor vielen Jahren versprochen, in einem schwachen Augenblick, und jetzt erinnere er sie fortwährend daran.

Ruths Stimme zittert, und Rahel begreift, dass ihre eigenen Fragen an Viktor warten müssen. Wieder einmal muss sie geduldig sein.

Ruth gegenüber verhält sie sich noch immer wie ein Kind. Der Autorität dieser Frau hat sie nichts entgegenzusetzen. Dabei wäre sie als Psychologin durchaus in der Lage, angemessen auf Viktors Problem zu reagieren, aber außer ein paar *Ahas, Achs* und *Ojes* bringt Rahel kaum etwas heraus.

Immerhin nimmt sie Ruth das Versprechen ab, sie auf dem Laufenden zu halten.

»Das wird schon«, sagt Ruth zum Schluss, und ihr *Ade, meine Liebe!* klingt wie immer.

Rahel steht noch eine Weile neben dem Telefon.

Laut Plan ist jetzt der Spaziergang dran.

»Na los!«, sagt sie laut zu sich selbst. »Gib dir einen Ruck«, und plötzlich kommt es ihr vor, als reiche Ruths strenger Blick bis hierher. Unverzüglich verlässt sie das Haus und läuft los.

An der Pferdekoppel bleibt sie stehen. Baila scheint zu wissen, dass von Rahel nichts zu erwarten ist. Sie würdigt sie keines Blickes.

»Sag Peter, er soll aufhören, so eine Mimose zu sein!«, ruft Rahel der grasenden Stute zu und stapft weiter. Dann dreht sie sich noch einmal um. »Und er soll bloß nicht glauben, dass ich ewig auf ihn warte!«

Baila hebt leicht den Kopf, verharrt dann jedoch regungslos dösend in der neuen Position.

Mit großen Schritten eilt Rahel vorwärts in den Wald hinein; ein hilfloser Zorn treibt sie an. Schreien möchte sie, und bevor sie sich besinnt, schreit sie. Mehrmals hintereinander setzt sie an und brüllt, was die Stimme hergibt.

*

»Du bist zurück!«, ruft Peter erleichtert.

Er steht vor der Stalltür, über seiner Schulter hängen Bailas Halfter und ein Strick.

»Ich habe mir Sorgen gemacht. Im Wald hat jemand geschrien.«

»Da waren Leute, die haben gestritten«, murmelt sie.

»Das klang furchtbar.«

»Tja«, sagt sie achselzuckend und ruft ihm im Gehen zu: »Ich telefoniere jetzt mit Selma.«

»Gute Idee«, ruft er zurück. »Ich mache jetzt die Pferderunde.«

In der Küche öffnet Rahel die Tür zur Vorratskammer. Ihr Blick fällt auf die selbstgemachten Marmeladen. Sie nimmt sich ein kleines Glas Quittengelee, öffnet es und riecht daran. Dann bestreicht sie eine Scheibe Brot mit Butter und schaufelt löffelweise Gelee darauf. Sie vertilgt den gesamten Glasinhalt; ihre Zähne schmerzen von der beißenden Süße. Nicht ein einziger Zahn in ihrem Mund ist ohne Defekt, drei fehlen bereits. Zu verdanken hat sie das Edith. Bei ihr gab es stets gezuckerten Pfefferminztee mit Zitrone, Zuckerbrot, so viel sie wollte, und manchmal Pampelmusenhälften mit Zucker bestreut. Die Säure löste den Schmelz, und der Zucker fraß sich in ihre noch jungen, schönen Zähne und zerstörte sie, einen nach dem anderen.

Selma geht nicht ran. Dreimal hat Rahel es bei ihr versucht. Sie schreibt eine Nachricht und bittet um Rückruf. Je länger das Telefon schweigt, desto wütender wird sie.

Anders als Edith hat Rahel dafür gesorgt, dass ihre Tochter regelmäßig zum Zahnarzt ging, dass ihr Zahnschmelz mit Elmex Gelee gestärkt und die Fissuren der Backenzähne versiegelt wurden. Das Mindeste, was sie nach so viel Fürsorge erwarten kann, ist ein Rückruf.

Sie legt sich auf ihr Bett, schließt die Augen, veratmet die Wut.

Wenn sie auf Simons Anrufe wartet, drängt sich kein Zorn in die Sorge. Ihr Gefühl für ihn ist anders. Peter weiß es, Selma spürt es, nur Simon ist ahnungslos.

Liebt sie ihn mehr? Sie stellt sich die Frage laut und ehrlich, als wäre ihre Stimme eine zweite Person im Raum. Die Wahrheit ist: Sie liebt ihn anders. Er löst nichts in ihr aus, wofür sie sich schämen müsste. Rein und ungebrochen strömt die Liebe zu diesem Kind.

Endlich klingelt das Telefon.

»Hallo«, sagt Vincent, »Selma hat mich gebeten, dich anzurufen. Sie hat sich ein bisschen hingelegt.«

»Ist alles in Ordnung?«

»Wie man's nimmt.«

Im Hintergrund hört Rahel das Quietschen einer Straßenbahn. Vincent kommt ihrer Frage zuvor.

»Ich bin mit den Kindern auf dem Weg zum Spielplatz.«

»Habt ihr … miteinander gesprochen?«, fragt sie vorsichtig.

»Den ganzen Vormittag.« Er dämpft seine Stimme. »Die Kinder hören mit, und ich möchte nicht –«

»Aber ja! Ich kann später noch mal anrufen.«

»Nein, warte! Ich habe ihr gesagt, dass vielleicht nicht von Dauer ist, was sie jetzt empfindet, und dass sie die Kinder nicht einfach mit nach Leipzig nehmen kann. Es sind auch meine Kinder, Rahel.«

»Ja, natürlich!«, pflichtet sie ihm bei.

»Ich glaube, wir kriegen das wieder hin. Ich –«

Und dann erzählt er ihr, wie er Selma zu überzeugen gedenkt, und seine emotionale Reife kommt Rahel beachtlich vor.

Das Leben mit ihrer Tochter ist wie ein unausgesetztes Schwimmen gegen den Strom. Rahel hat irgendwann aufgehört, dagegen anzustrampeln. Aber Vincent ist jung und stark; vielleicht geht er nicht in ihren wilden Wassern unter.

Vergeblich versucht sie danach, sich auf einer Bank im Garten in Viktors Pilgerbüchlein zu versenken. Es langweilt sie. Sie liest es nur, weil sie glaubt, etwas über ihn zu erfahren.

Eine der vielen Katzen hat sich neben sie auf die Bank gelegt. Ihr dunkles Schnurren verstärkt den Wunsch, die Augen zu schließen und an gar nichts mehr zu denken.

Dann sieht sie Peter, mit einem strahlenden Lächeln im Gesicht.

»Baila kommt jetzt schon angelaufen, wenn ich sie von weitem rufe«, erklärt er begeistert. »Und sie geht ohne Halfterstrick neben mir her.«

»Ah … wie schön«, sagt sie und verbirgt ein Gähnen.

Mit raschen Schritten entfernt er sich wieder und lässt sie mit dem Gefühl zurück, vollkommen entbehrlich zu sein. Erneut schlägt Rahel das Buch auf.

In der Bibel, die es sogar in Ediths Haushalt gegeben hat, las sie früher wie in einem Märchenbuch – interessiert, aber mit dem sicheren Wissen, dass alles erfunden sei. Ihr einziges religiöses Erlebnis hatte sie vor ein paar Jahren, während einer USA-Reise, beim Besuch des Gottesdienstes einer Freikirche. Schon in den Fluren vor dem Saal hörte sie von den Hereinströmenden, die fast alle schwarz waren, immer wieder *God is good!*, und die Antwort darauf lautete stets *All the time!* Während der Predigt standen die Menschen nach jedem Satz auf, der ihnen gefiel, und riefen *Amen!* und *Halleluja h!*, und sie hoben die Hände und tanzten. Und dann der Gesang. Rahel liefen die Tränen übers Gesicht. Peter machte sich darüber lustig und bezeichnete das Ganze als perfekte Show, als hübschen Budenzauber. Aber etwas daran war echt und hat Rahel einen Mangel in ihr selbst gezeigt, der sie auf der ganzen Weiterreise verfolgte.

Sie legt die Pilgererzählungen endgültig zur Seite und fährt sich über die Schwielen an den Händen. Die Arbeit im Garten zeigt Spuren. Ein bisschen Pflege täte ihren Händen gut. Auch die Altersflecken mehren sich. Beim letzten Hautcheck hatte der Arzt sie gefragt, ob sie früher eine Sonnenanbeterin gewesen sei. Ihre Haut zeige die typischen Schäden übermäßigen Sonnenbadens. Sie hatte mit den Schultern gezuckt und gehofft, er würde seine Lupe wegstecken und sie gehen lassen. Die Begutachtung ihrer Makel war ihr unangenehm, und der Mann tat ihr leid. Tag für Tag die Haut der Menschen nach krankhaften Veränderungen abzusuchen, fand sie entsetzlich.

Bis zum Abendessen geht sie Peter aus dem Weg.

»Hast du eigentlich mit Selma gesprochen?«, fragt er, als sie sich zu ihm an den Küchentisch setzt.

Sie schüttelt den Kopf. »Aber mit Vincent. Er ist optimistisch wie immer.«

Peter lächelt. »Toller Kerl.«

»Vielleicht …«, murmelt sie, gibt aber zu bedenken, dass Selma nicht grundlos handle.

»Fragt sich nur, wie gewichtig ihre Gründe sind«, erwidert er.

Rahel schweigt dazu. Auch aus ihrer Sicht sind die Gründe weder dringend noch bedeutungsvoll, doch was heißt das schon. In die Praxis kommen seit Jahren mehr und mehr junge Menschen mit Bildung und Geld und liebevollen Eltern, die überfordert sind von ihrem Leben. Die aus schwer nachvollziehbaren Gründen Beziehungen beenden, Berufe hinschmeißen, Ausbildungen kurz vor dem Abschluss abbrechen und sich unglücklich fühlen. Als wäre das gute Leben eine schwere Bürde. Denn wer alles bekommt und nichts daraus macht, darf nicht mit Verständnis rechnen.

»Die Last des guten Lebens«, sagt sie und hofft darauf, dass Peter sie ohne weitere Erklärung versteht.

Und er versteht.

»Sie haben es heute anders schwer, die jungen Menschen«, sagt er.

Dann treffen sich ihre Blicke und bleiben aneinander hängen, und für einen Augenblick glaubt Rahel, dass sich alles zum Guten wenden wird.

Mittwoch

Beinahe.

Beinahe wäre Peter bei ihr geblieben. Gestern Abend, in ihrem Zimmer, ihrem Bett.

Wie früher, als sie jung waren, saßen sie auf dem Fußboden, Peter mit einem angewinkelten und einem ausgestreckten Bein, Rahel im Schneidersitz. Sie sprachen über die sieben Tugenden – Klugheit, Gerechtigkeit, Tapferkeit, Maßhalten, Glaube, Liebe, Hoffnung – und kreisten um die Frage, ob das Maßhalten auch für Wissen zutreffe. Nach dem zweiten Glas Wein waren sie zu dem Schluss gekommen, dass Bildung zum Verständnis der Welt zwar unabdingbar sei, es aber durchaus einen Punkt gebe, an dem Klugheit in Dummheit kippe. Wer nicht mehr in der Lage sei, spontan zu reagieren, wer alles Erlebte erst mühsam in einen theoretischen Kontext einbette, der habe diesen Kipppunkt erreicht.

»Der wird Instinkte und nützliche Ängste ignorieren. Dem wird das Wissen zum Verhängnis, und er wird schließlich untergehen«, konstatierte Rahel, und Peter stellte abschließend fest, dass alles, wirklich alles zerstörerisch werden könne. Dann nahm sie ihm sein Glas aus der Hand und zog ihn aufs Bett.

Eine Weile lag er dort auf dem Rücken und hielt sie im Arm, mit geöffneten Augen und starr an die Decke gerichtetem Blick, während sie still auf ein zärtliches Wort von ihm wartete. Sie glaubte, das Wort schon zu spüren, zu sehen, wie es sich formte und auf den Weg machte, um schließlich bei ihr anzukommen. Und sie passte ihren Atemrhythmus an seinen an, um noch das letzte bisschen Widerstand zu beseitigen, das sich dem Wort in den Weg stellten könnte. Und sehr sacht zog er seinen Arm unter ihr hervor, küsste sie auf die Stirn und verließ ihr Zimmer.

Gegen zwei Uhr wachte sie auf, mit rasendem Herzen und so verschwitzt, dass sie sich umziehen musste. Im Traum hatte sie Simon tot auf einer Wiese liegen sehen, aber der Traum war nicht die Ursache für ihren Zustand. Diese nächtlichen Heimsuchungen, nicht selten verbunden mit einer jähen Todesangst, verfolgten sie schon seit gut einem Jahr, stets um die gleiche Zeit zwischen zwei und drei Uhr morgens, manchmal mit und manchmal ohne Übelkeit, ab und zu mit einem unerklärlichen Juckreiz am ganzen Körper und immer mit Herzrasen und heftigem Schwitzen verbunden. Schlimm war auch der Schweißgeruch – säuerlich und stechend. Früher hatte sie nie so gerochen. Diese gemeinen Begleiterscheinungen des Älterwerdens würden es immerhin eines Tages leichter machen, das Leben loszulassen.

Über diesem Gedanken war sie wieder eingeschlafen.

Klugheit, Gerechtigkeit, Tapferkeit, Maßhalten, Glaube, Liebe, Hoffnung.

Sie hat alle sieben Tugenden untereinander auf einen Zettel geschrieben und einen Kringel um die Tapferkeit gemacht.

Heute wird sie tapfer sein. Tapfer Peters Kälte begegnen, die keine wirkliche Kälte ist, sondern eine Mischung aus Fremdheit, mangelnder Zuversicht und dem Verlust einer kollektiven Verbundenheit. Sie ist ihm nicht gefolgt, als er begann, sich von der Gesellschaft abzuwenden. Sie hat nichts getan, um ihn zu halten. Und als auch in ihr das Befremden wuchs, war Peter längst weg – in einem inneren Rückzugsraum, dessen Tür sich nicht so leicht öffnen ließ. Ein einfacherer Mann hätte derartige Empfindungen nicht, aber einen einfacheren Mann würde sie auch nicht in dieser Weise lieben.

Unter ihrem Fenster hört sie wildes Fauchen. Sie lehnt sich hinaus und sieht einen großen getigerten Kater mit einem Vogel im Maul davoneilen. Dass sie jagen, ärgert Rahel. Jeden Morgen und jeden Abend füllt Peter die Näpfe mit bestem Futter, und dennoch muss alle paar Tage ein Vogel dran glauben. Sie schließt das Fenster, schnappt sich ein Handtuch, schlüpft in ihre Ballerinas und macht sich auf den Weg zum See.

Sein Handtuch samt Hemd und Hose hängen an einem Ast, der übers Wasser ragt; seine Schuhe stehen ordentlich darunter. Ihr Blick schweift über den See; still und glatt liegt das Wasser vor ihr. Wahrscheinlich macht Peter die große Runde links um die Bucht herum.

Die Hälfte ihres Urlaubs ist vorüber.

Sie steckt die Zehen in den Sand. All ihre Befürchtungen erscheinen ihr mit einem Mal lächerlich. Natürlich finden Peter und sie wieder zueinander. Natürlich wird Selma das Richtige tun, und Simon wird nichts passieren. *Vertrauen, Rahel,* sagt sie stumm zu sich selbst, *du musst Vertrauen haben*. Dann lässt sie den Blick erneut über die unbewegte Wasseroberfläche schweifen.

Er ist ein guter Schwimmer. Doch auch ausdauernde Schwimmer bekommen Krämpfe oder Herzinfarkte. Sie hängt ihr Kleid zu seinen Sachen über den Ast, stellt ihre Schuhe neben seine, geht ins Wasser und schwimmt los.

Hinter einer großflächigen Oase aus Teichrosen, bis zu der sie noch nie geschwommen ist, öffnet sich eine winzige Bucht. Dort im flachen Wasser sitzt er. Er hat den Kopf in den Nacken gelegt und die Augen geschlossen. Rahel hält in der Bewegung inne. Er scheint sie nicht gehört zu haben. Hinter ihm steht das Schilf lückenlos.

Vorsichtig dreht sie um. Bei jeder Schwimmbewegung gibt sie Acht, die Arme unter Wasser zu lassen, um kein Plätschern zu verursachen.

Dieser Moment gehört ihm allein.

* * *

Auf dem Weg zum Gartenmarkt piept ihr Telefon mehrfach hintereinander. Sie wartet, bis sie den Parkplatz erreicht.

Simon hat Bilder geschickt. Ihr Sohn in voller Klettermontur an irgendeiner Felswand, dramatische Wolken am Himmel. Simon mit nur einer Hand an einen Vorsprung geklammert, der Rest des Körpers hängt über dem Abgrund. Auf dem nächsten Bild benutzt er beide Hände und ein Fuß steht auf einem winzigen Vorsprung. Das letzte zeigt den Blick von oben ins Tal. Der Felsen wirkt darauf glatt und senkrecht. Es ist ihr ein Rätsel, wie er da hinaufgekommen ist.

Auch Simon kann nicht akzeptieren, normal zu sein. Er steckt seine Ziele höher und höher. Es liegt nicht allein an den Endorphinen, die er in den Momenten grenzenloser Freiheit beim Klettern spürt – genau wie Selma stößt ihn das Mittelmaß ab.

Rahel starrt über den Parkplatz. Was ist los mit ihren Kindern? Oder verhindert ihr Beruf einen unvoreingenommenen Blick?

Sie legt ihre Maske an, holt sich einen Wagen und streift durch die Gänge des Gartencenters. Ein Verkäufer berät sie zu trockenheitsresistenten Pflanzen, und Rahel entscheidet sich für das Großblumige Mädchenauge und eine rosa blühende Fetthenne.

Sie denkt an ihre üppige Balkonbepflanzung zu Hause und hofft, dass ihre Nachbarin Frau Knopp das Gießen nicht vergisst.

Frau Knopp fährt nie in den Urlaub. Sie nimmt verlässlich Pakete an, fragt oft nach den Kindern und ist immer auf dem neuesten Stand, was die Dresdner Stadtpolitik betrifft. Im Winter steht sie manchmal in einen alten Parka gehüllt und mit einer selbstgestrickten Pudelmütze auf dem Kopf hinterm Haus bei den Fahrradständern und raucht. Im Sommer lebt sie praktisch auf dem Balkon ihrer Wohnung im Hochparterre. Sie muss weit über achtzig sein, kleidet sich aber in kräftige Farben und auffällige Muster.

Als kleines Mädchen hat Selma einmal zu ihr gesagt: »Ich will nicht so alt werden wie du«, und auf Frau Knopps Frage, was sie dagegen zu tun gedenke, antwortete sie: »Sterben.« Frau Knopp war in Lachen ausgebrochen, und Selma hat einfach mitgelacht.

Als Gegenleistung für die Blumenpflege hat Frau Knopp ohne falsche Bescheidenheit eingefordert: »Ein, zwei Flaschen Rotwein, aber keinen Dornfelder und nichts unter fünf Euro.«

Beim Stichwort Wein denkt Rahel ans Essen. An der Kasse fragt sie die Verkäuferin nach dem nächstgelegenen Fleischer und legt rasch noch eine Sprühflasche aufs Band, die sie in einer Angebotskiste neben der Kasse entdeckt hat. Draußen verstaut sie die Pflanzen im Fußraum vor dem Beifahrersitz und fährt den beschriebenen Weg zur Landfleischerei Thiel.

Sie entscheidet sich für Lammfilet, fährt weiter zur Kaufhalle, wo sie Knoblauch, Rosmarin, Butterschmalz und Feldsalat holt und beim Bäcker ein

Baguette, und macht sich in gelöster Stimmung auf den Rückweg. Mit gutem Essen kann sie Peter leicht eine Freude machen. Im Frühjahr, als es wegen des Virus keine Präsenzveranstaltungen in der Uni gab, Rahel sich jedoch in der Praxis vor Arbeit nicht retten konnte, hat er mit dem Kochen angefangen. Seitdem schätzt er die Mühe umso mehr. Er hält sich pedantisch an die Rezepte aus den Kochbüchern, kredenzt mitunter beeindruckende Gerichte, aber ohne detaillierte Anleitung ist er verloren.

Rahel benutzt die Kochbücher nie. Sie macht den Kühlschrank auf, holt alles raus, was weg muss, und improvisiert.

Zurück in Dorotheenfelde lädt sie aus und sucht vergebens nach Peter. Sie hat ihm einen Zettel geschrieben, bevor sie in die Stadt fuhr; er hat ihr nichts hinterlassen.

In seinem Zimmer setzt sie sich an den Schreibtisch und blättert ungeniert in seinem Notizbuch. Seit jeher schreibt er sich Sätze aus Büchern heraus. In der Regel sind es Aussagen, die ihm gefallen, aber er notiert sich auch Ansichten, mit denen er ganz und gar nicht einverstanden ist, und fügt eigene Gedanken hinzu. Sie liest in seiner engen, gut lesbaren, nach rechts geneigten Schrift:

Waldgänger ist also jener, der ein ursprüngliches Verhältnis zur Freiheit besitzt (...).

Niemand sonst, den sie kennt, hat diese Beziehung zur Literatur. Peter liest Bücher nicht nur, er arbeitet mit ihnen, setzt das Gelesene ins Verhältnis zu sich selbst, seinen Einstellungen, seinen Handlungsweisen und ändert sie gegebenenfalls. Für ihn ist Literatur wie ein lebendiges Gegenüber. Manchmal sogar lebendiger als das, was sich vor seinen Augen abspielt. Und im Gegensatz zu Menschen ist sie ihm unentbehrlich.

Sie schlägt das Heft mit einem Seufzer zu, verlässt sein Zimmer, geht die Treppen hinunter und tritt in den Hof.

Peter kommt um die Ecke.

»Du bist ja schon zurück!«, ruft er ihr zu.

»Ich war so vertieft in dieses seltsame Buch«, sagt er, als er vor ihr steht.

»Das Pilgerbuch?«

Er nickt. »Es lag auf der Bank im Garten hinten. Ich wollte das schon immer mal lesen. Salinger bezieht sich in *Franny und Zooey* darauf ... Schade, dass wir Viktor nicht fragen können, was ihm das Buch bedeutet.«

»Ja, schade«, antwortet sie leise. »Es gibt so einiges, das ich ihn gern fragen würde.«

Als er nicht auf ihre Andeutung eingeht, marschiert sie an ihm in Richtung Atelier vorbei und ruft: »Komm! Ich muss dir was zeigen.«

»Keine voreiligen Schlüsse«, warnt Peter, nachdem er sich die zahlreichen Bilder von Edith und Rahel angesehen hat.

»Er hat euch gezeichnet, schließlich seid ihr oft hier gewesen.«

»Aber er hat sich auch meistens nur mit mir beschäftigt. Kaum mit Tamara.«

Peter legt den Kopf schief. »Naja, ich habe Tamara als Kind nicht gekannt, aber sie ist kein einfacher Charakter, deine Schwester. Und du weißt doch selbst – die attraktiven Menschen werden oft mehr geliebt, und du warst ein ausgesprochen hübsches Mädchen.«

Er betrachtet eine Zeichnung von Edith.

»Traust du deiner Mutter das zu? Ein solches Geheimnis mit ins Grab zu nehmen? Ihre beste Freundin mit deren Mann zu betrügen und einem Kind lebenslang den Vater vorzuenthalten?«

Ohne zu zögern antwortet Rahel: »Ja.«

Der große getigerte Kater durchquert den Hof mit einer zuckenden Maus im Maul.

Erbarmungslos brennt die Sonne im Zenit. Der große Holunder, der das Fenster von Peters Zimmer verdeckt, lässt alle Blätter hängen, und selbst die Spatzen, die ihn zahlreich bevölkern, scheinen von der Hitze in einen trägen Dämmerzustand versetzt worden zu sein. Rahel wirft einen Blick auf die Pflanzen, die sie heute gekauft und im Schatten gewässert hat.

»Ich verstehe, dass du es wissen musst«, sagt Peter und legt von hinten seine Arme um sie. Er zieht sie an sich und hält sie lange fest, und je länger er sie hält, umso mehr verliert das Wissenwollen seine Dringlichkeit.

Später, als sie sich beide für eine Mittagspause in ihre Zimmer zurückgezogen haben, ist es wieder da und hämmert von innen an die Schädeldecke. Sie stellt sich ans Fenster und blickt eine Weile in den hitzestarren Wald hinüber.

Was, wenn es nie wieder regnet, denkt sie plötzlich, wenn der See, der durch die lichten Stellen hindurch schimmert, austrocknet? Die Uferkante hat sich längst zurückgezogen. Als sie ein Kind war, reichte das Wasser noch weiter ins Land hinein. Was, wenn es den See bald nicht mehr gibt?

Sie würde von diesen Gedanken gern verschont bleiben. Von dieser Alles-wird-immer-schlechter-Angst. Doch es ist nicht wegzudiskutieren – die Wälder sterben, das Eis schmilzt, die Menschen werden nicht klüger. Und weil es so viele Menschen sind, mehr, als es je zuvor gegeben hat, und sie immer noch mehr werden, wächst der Schaden, den sie anrichten, ins Unermessliche.

Die Idee, dass die Seuche nichts anderes sei als ein längst fälliges Korrektiv, ist ihnen schon im Frühjahr gekommen.

»Stell dir vor«, sagte Peter, »dass die übermäßige Vermehrung der Erdbevölkerung dazu führt, dass die Natur für eine Dezimierung sorgt. Sagen wir, um die Hälfte. Zum Beispiel durch ein Virus.«

Die Vorstellung leuchtete ein. Natürlich sollte es sie und ihre Familie nicht treffen, und das um sich greifende Virus zeigte schließlich auch nicht annähernd die Wirkung, die Peter sich ausgemalt hatte, aber die Idee eines Korrektivs blieb bestechend. In diesem Fall wäre ihr ganzes Sein, ihr ganzes Tun noch unwichtiger und überflüssiger, als sie ohnehin annahmen. Peter schwingt sich oft in diese eisigen Höhen, blickt von oben auf alles und kehrt dann mit diesem nachsichtigen Lächeln in die Niederungen des Alltags zurück.

Ein paar Mal streicht sie über ihr schwarzes Leinenkleid, das sie nun schon den zehnten Tag trägt. Sie befühlt den robusten Stoff und empfindet ein seltsam grimmiges Vergnügen dabei, keinen Wert mehr auf Äußerlichkeiten zu legen.

Später geht sie noch einmal schwimmen. Die kleine Bucht, in der sie Peter hat sitzen sehen, wird nun von der Sonne beschienen. Rahel schwimmt, bis sie den sandigen Grund mit den Händen greifen kann. Sie dreht sich um, setzt sich ins lauwarme seichte Uferwasser, stützt sich mit den Armen ab und hält ihr Gesicht in die Sonne. Unzählige schillernde Libellen umschwirren sie.

Dieser Moment gehört ihr. Und allen trüben Gedanken zum Trotz ist er heil und vollkommen.

* * *

Am Abend, nachdem Peter die Tiere versorgt und Rahel Mädchenauge und Fetthenne ins Beet gesetzt und auch die anderen Pflanzen gegossen hat, brät sie die Lammfilets in reichlich Butterschmalz mit Knoblauch und Rosmarin. Peter macht den Salat, schneidet das Baguette auf und öffnet den Wein. Trotz der Wespen essen sie draußen im Hof. Der Trick mit der Sprühflasche funktioniert. Sobald sich eine Wespe nähert, lässt Rahel einen Regen fein zerstäubten Wassers auf sie niedergehen. Peter schmunzelt. Dann greift er selbst nach der Flasche. Übermütig stäubt er Wasser in alle Richtungen. Auch der Storch bekommt einen Hub und ebenso die Katzen, die um Essen betteln.

»Ihr wart schon dran!«, sagt Peter wie ein strenger Vater und scheucht sie weg.

Sie leeren die Rotweinflasche und eine große Wasserkaraffe, und als Peter fragt, ob er noch eine Flasche öffnen soll, nickt Rahel.

Gegen Mitternacht stehen drei leere Weinflaschen auf dem Tisch. Rahel schwankt die Treppen hinauf, während Peter aufräumt. Ohne die Zähne geputzt zu haben und ohne ihre Aufbissschiene legt sie sich ins Bett und schläft augenblicklich ein.

Donnerstag

Die Vorhersehbarkeit ihres Zustandes ärgert sie am meisten. Der pulsierende Schmerz im Kopf, der übermäßige Durst, der schreckliche Geschmack im ausgetrockneten Mund und der Durchfall – mit fast fünfzig Jahren reicht die Vernunft noch immer nicht weit genug, um all das zu verhindern.

Natürlich ist sie nach etwa zwei Stunden komatösem Schlaf hellwach gewesen – schwitzend, mit rasendem Herzen. So schön der Abend auch gewesen ist, so schrecklich war die Nacht. Zum Glück hat sie ihr eigenes Bad, wo sie sich ganz ihrem erbärmlichen Zustand hingeben kann.

In der Küche kocht sie starken Kaffee und trägt ihn mitsamt einer großen Flasche Mineralwasser in ihr Zimmer hinauf. Eines steht fest: Alkoholikerin wird sie nicht. Ein einziger Kater genügt, um sie für lange Zeit vor größeren Mengen Alkohol zu bewahren. Sie kann sich nicht erinnern, worüber sie zum Schluss gesprochen haben, weiß nur noch, dass sie viel gelacht haben und Sternschnuppen über den Nachthimmel gesaust sind.

Es klopft an der Tür, und Peter steckt den Kopf herein.

»Wie geht es dir?«, fragt er.

Sein Anblick sagt ihr, dass seine Nacht genauso übel gewesen ist. Rahel wackelt mit dem Kopf und verzieht den Mund.

»Verstehe«, nuschelt er grinsend und fügt hinzu: »Mir auch.«

Er schließt die Tür, öffnet sie aber gleich wieder und sagt: »War trotzdem schön!«

Als er weg ist, fällt ihr ein Teil des Gesprächs wieder ein. Sie hat ihn gefragt, in welche Zeit er gern einmal reisen würde.

»In die Antike!«, rief er sofort. »Aber bevor der Wanderprediger sein Unwesen trieb!«

Als sie verstand, was er meinte, prusteten sie gemeinsam los, und Rahel prophezeite unter Lachtränen, dass bestimmt gleich ein Blitz vom Himmel kommen, eine Regenwolke sich über ihnen ergießen, oder ein Vogel ihnen auf die Köpfe kacken werde.

Während Peter eine Ausnüchterungsrunde im See schwimmt, versucht Rahel, jede überflüssige Bewegung zu vermeiden. Mit geschlossenen Augen verharrt sie in einer halb sitzenden, halb liegenden Stellung, und zu allem Überfluss schmerzen ihre Zähne.

Um die Mittagszeit geht es ihr gut genug, um das Zimmer zu verlassen. Schwül und verhangen scheint sich der Tag ihrer Stimmung anzupassen. Kein grelles Licht, keine harten Schatten, nur weiche Wärme ohne Sonnenbrandgefahr.

Sie sitzt eine Weile auf der Bank gleich neben der Haustür und trinkt kleine Schlucke von Peters liebstem Sommergetränk – kalt angesetztem Grüntee, der eine gute Stunde im Kühlschrank gezogen hat, mineralhaltig und gesund. Die spezielle Glaskanne mit Filtereinsatz hat er extra von zu Hause mitgebracht.

Etwas bange denkt sie an die Rückkehr nach Dresden, an den nahenden Herbst und den Winter, wenn das Virus womöglich wieder in den Vordergrund tritt, wenn neue Maßnahmen erlassen werden, die die Vorteile des Stadtlebens außer Kraft setzen, und ihr Terminkalender wieder überquellen wird.

Schon im Frühjahr hat Rahel einen Anstieg der Depressionen beobachtet. Manchen dieser Patienten gab sie Lektüreempfehlungen, angefangen von Viktor E. Frankls *… trotzdem Ja zum Leben sagen* bis hin zu Wolfgang Herrndorfs *Arbeit und Struktur.* Doch das war nur für jene, die lediglich einen Schubs in die richtige Richtung brauchten.

Sie denkt an den Abend, an dem sie *Melancholia* gesehen haben.

»Ich kenne dieses Gefühl«, hat Peter gesagt.

Klienten wie er sind hoffnungslose Fälle. Sie wissen um den Grund ihres Problems, haben sich dank ihrer Klugheit längst selbst analysiert und eine Heilung ausgeschlossen. Denn die Bedingungen, die sie benötigten, sind nicht herstellbar. In jener Zeit, in die sie nun einmal hineingeboren sind, finden sie nicht, was sie suchen: Sinngebundenheit und Würde statt Selbstverwirklichung und eine Gesellschaft, in der es nicht darum geht, so alt wie möglich zu werden, sondern das Leben so sinnvoll wie möglich zu gestalten.

Als die Angst vor dem Virus um sich griff, kamen sie oft auf dieses Thema. Für sie beide steht fest: Ein Leben in ständiger Furcht erscheint ihnen wertlos.

Dennoch war Rahel weniger klar im Umgang mit dem Virus. Wochenweise wechselten sich Panik und Gelassenheit ab, je nachdem, wie oft sie Nachrichten hörte. Die Infektions- und Todeszahlen verfehlten ihre Wirkung nicht, und erst als sie Peters genervter Aufforderung folgte, sich die tägliche Dosis Schrecken zu ersparen und ihren Verstand zu gebrauchen, ging es ihr besser.

Vor ein paar Jahren haben Peter und sie Patientenverfügungen erstellt. Sie wünschten beide keine lebenserhaltenden Maßnahmen, keine künstliche Ernährung, keine Wiederbelebungsmaßnahmen und keine Beatmung. Lediglich die Linderung von Schmerzen ließen sie zu. Den Kindern sagten sie, wo sie die Dokumente aufbewahrten, und Peter behauptete, das Wissen um die Erledigung dieser Sache lasse ihn besser schlafen.

Um sein Verhältnis zum Tod beneidet sie ihn. Obwohl er an nichts Tröstliches glaubt – kein Jenseits, keine Erlösung, keine Wiedergeburt –, scheint er keine Angst zu haben. Die Verzweiflung, die Rahel beim Denken an das Ende erfasst, kennt er nicht. Nicht das Entsetzen bei der Vorstellung, dass dieses kurze, kleine Leben alles sein soll. Dass es danach keine Wiederkehr gibt, kein Empfinden mehr, nur das große Nichts –

Schon der leiseste Gedanke daran beschleunigt Rahels Puls. Doch nicht das Sterben selbst erschreckt sie, sondern all das Nichtgetane, Nichtgefühlte, Nichtgewagte.

Unwillkürlich schüttelt sie den Kopf und hält abrupt in der Bewegung inne. Noch immer wabert ein dumpfer Schmerz hinter ihren Augen, und als sie kurz darauf Peter mit Baila auf den Hof einbiegen sieht, läuft sie vorsichtig, jede Erschütterung vermeidend, in seine Richtung.

Er verschwindet im Stall und kommt gleich darauf mit einem Eimer wieder raus. Die Stute macht sich gierig über den Inhalt her – Hafer, Karottenstücke, zwei kleine Äpfel und eine Handvoll gepresste Getreidepellets. Während es frisst, lobt und tätschelt Peter das Pferd.

»Tiere sind wunderbar.«

»Komm bloß nicht auf die Idee, ein Tier anzuschaffen«, entgegnet sie.

Er stemmt einen Fuß gegen den Futtereimer, um zu verhindern, dass Baila ihn durch ihr energisches Fressen wegschiebt.

»Nicht in der Stadt ... Aber wer weiß, was noch auf uns zukommt. So ein Haus auf dem Land, mit eigenem Brunnen und Kamin ...« Sein Blick wird nachdenklich. Ein paar Sekunden später fügt er hinzu: »Stell dir vor, die Energieversorgung in der Stadt bräche zusammen. Hier kämen wir trotzdem über die Runden.«

»Und wenn uns das Essen ausginge«, sagt sie sarkastisch, »würden wir das Pferd schlachten.«

Genau in diesem Augenblick hebt Baila den leeren Futtereimer mit dem Maul an und schleudert ihn weg. Peter lacht so befreit wie lange nicht mehr.

Er wirft den Kopf nach hinten, stemmt die Hände in die Seiten und wirkt um Jahre verjüngt.

Später, als sie im Hof essen und Wespen mit Sprühwasser verscheuchen, fällt ihr das Leuchten in seinen Augen wieder ein, als er das mit dem Haus auf dem Land gesagt hat, und ihr wird schlagartig klar, dass solche Träume keinen Reiz für sie besitzen.

Sie liebt die Sommerwochen auf dem Land, aber sie mag auch die Stadt. Sie hat Dresden keineswegs satt, mag den täglichen Fußweg zur Praxis, die kleinen Läden, die Restaurants und Theater, die Ausflüge in die Umgebung und die Weinabende in den Sommerlokalen. Peter hingegen dehnt seine Touren mit dem Rad immer weiter aus, kommt immer unwilliger nach Hause zurück.

»Ich habe Angst, dass wir uns in völlig unterschiedliche Richtungen entwickeln«, fügt sie hinzu, in der Hoffnung, er möge ihr widersprechen.

Die einohrige Katze streicht um den Tisch und springt auf Peters Schoß, wo sie sich umständlich zusammenrollt und zu schnurren beginnt. Er lächelt und legt eine Hand auf ihr Fell.

»Tja«, seufzt er. »Manchmal ist es wohl nicht zu verhindern, dass zwei Menschen nicht mehr im Gleichschritt gehen.« Seine Finger kraulen das Fell der Katze. »Was ist eigentlich so schlimm daran?«

Ihr stockt der Atem. »Sprichst du von Trennung?«

»Nein, Rahel. Ich denke nur laut nach.«

Hitze schießt ihr ins Gesicht. »Denk bitte leise«, zischt sie.

»Du brauchst keine Angst zu haben«, sagt er ruhig. »Dieser Ort inspiriert mich dazu, mal ein paar andere Möglichkeiten durchzudenken. Zum Beispiel die Sommermonate als Senner auf einer Alm zu verbringen.«

»Du denkst gar nicht mehr im *Wir*«, sagt sie tonlos.

»Das stimmt nicht«, widerspricht er. »Das *Wir* stelle ich überhaupt nicht in Frage. Höchstens meine Rolle darin. Und meinen Beruf.«

Die Katze springt von Peters Schoß und läuft davon. Als hätte sie die Anspannung gespürt.

Rahel betrachtet Peter, der ihr ausgerechnet heute ungewöhnlich attraktiv erscheint. Nur selten spricht sie von ihm als *ihrem Mann*. Das besitzanzeigende Fürwort erschien ihr stets wie ein Halsband mit Kette, doch tief in ihr drin besteht genau dieser Anspruch: Er ist ihr Mann, niemandes anderen Mann. Und sie ist seine Frau, niemandes anderen Frau.

Andere Männer diesen Alters haben Affären mit jüngeren Frauen, werden noch einmal Vater, kaufen sich einen Sportwagen oder trainieren wie besessen für einen Triathlon. Sie kennt Fälle, wo das alles zusammenkommt.

»Tut mir leid«, murmelt sie. »Ich weiß selbst nicht, was mit mir los ist.«

Mach dir keine Sorgen! Ich liebe und begehre dich. Wäre er der Held in ihrem Film, würde er Sätze wie diese sagen. Aber er ist Peter, und darum legt er das Besteck zur Seite, kaut gründlich zu Ende und sagt: »Als Senner auf die Alm. Die Idee gefällt mir.«

Am späten Nachmittag geht sie allein in den Wald, um Blaubeeren zu pflücken.

Ihr ist leichter zumute, der Kopfschmerz ist verflogen, und innerhalb einer Viertelstunde sammelt sie einen kleinen Joghurteimer voll.

Auf dem Rückweg begegnet ihr ein Hund. Rahel bleibt stehen und senkt den Kopf, in der Hoffnung, von dem Tier ignoriert zu werden. Natürlich kommt es schnurstracks auf sie zu gelaufen, schnüffelt an ihrem nackten Bein, sabbert sie an. Sein schwarzes, zotteliges Fell weckt eine Erinnerung.

Einer der Männer ihrer Mutter, bei dem sie eine Zeitlang wohnten, besaß einen ähnlichen Hund – groß und hässlich, aber gut erzogen. Mit diesem Hund durfte Rahel Gassi gehen. Und obwohl ihr nicht viel daran lag, zog sie regelmäßig mit ihm los, nur wegen des Bildes, das sie abgaben: Ein kleines, hübsches Mädchen mit einem riesig wirkenden Hund, den sie hin und wieder, selbst wenn er brav neben ihr her lief, scharf zurechtwies, um ihre Autorität zu untermalen und Aufmerksamkeit auf sich zu ziehen. Mit hoch erhobenem Kopf schwebte sie durch die damals noch fast autofreien grauen Straßen der Äußeren Neustadt, vorbei an verkommenen Häusern, auf der Suche nach anderen Menschen und den wenigen Spiegelflächen, in denen sie sich mit dem Hund betrachten konnte.

Tamara, die das Tier vom ersten Augenblick an in ihr Herz geschlossen hatte, wäre gern mitgekommen, aber Rahel ließ sich immer neue Gründe einfallen, die dagegen sprachen.

Der Hund verschwindet im Wald, doch die Erinnerung an ihre kindliche Schwester verfolgt sie den ganzen Nachhauseweg lang.

An Tamara konnte sie sehen, wie ein durch Ablehnung geformter Mensch zu der Person wurde, die andere in ihm sahen. Ihre angeboren herabgezogenen Mundwinkel ließen sie sogar dann mürrisch aussehen, wenn sie fröhlich war, und irgendwann war das Mürrische zu ihrem Wesensmerkmal geworden. So war sie ins Leben gestolpert – wie ein Vogel mit gebrochenen Flügeln.

In der Küche rührt sie Teig für Pfannkuchen an, gibt eine Handvoll Blaubeeren dazu und bäckt eine Kelle voll in Butter aus. Simon wäre begeistert. Als Junge hat er stets die Rekorde im Pfannkuchenessen gehalten. Ein halbes Dutzend schaffte er locker. Damals hätte sie es nicht für möglich gehalten, dass dieser Junge einmal mit kurz geschorenem Haar in exakt sitzender Uniform und aufrechter Haltung den Bundeswehreid schwören würde.

Ich schwöre, der Bundesrepublik Deutschland treu zu dienen und das Recht und die Freiheit des deutschen Volkes tapfer zu verteidigen, so wahr mir Gott helfe.

Den Teil mit Gott hätte er weglassen können, aber er hat ihn mitgesprochen.

Peter war während der gesamten Zeremonie unerwartet heiter. Und obwohl ihr Simons Entscheidung nicht gefiel, Peters Haltung tat es. Kein Stirnrunzeln, kein zuckender Muskel im Gesicht. Nicht einmal Simons Berufung auf einen Gott, an den Peter nicht glaubte, nötigte ihm ein Zeichen des Missbilligung ab. Dafür liebte sie ihn.

Peter schiebt sich einen zusammengerollten Pfannkuchen in den Mund und isst ihn mit drei Bissen auf. Sofort nimmt er sich den nächsten.

»Seit die Kinder ausgezogen sind, machst du

die fast gar nicht mehr«, nuschelt er und mampft weiter.

»Dass du mit vollem Mund sprichst, habe ich auch lange nicht mehr erlebt«, entgegnet Rahel schmunzelnd.

Er wischt sich die Finger an einem Stück Küchenpapier ab und zuckt entschuldigend die Achseln. »Schmeckt einfach zu gut.«

Sie überlässt ihm das Aufräumen und geht hinaus. Die neu gepflanzten Blumen stehen gut. Hinter dem Stall, neben dem Hühnergarten, entdeckt sie ein weiteres Beet, das ihr bisher nicht aufgefallen ist, weil es längst von wilden Pflanzen überwuchert worden ist. Beinahe wäre sie in ein Brett mit rostigen Nägeln getreten. Sie hebt es auf und lehnt es an die Stallwand, die an mehreren Stellen Risse hat. Das Ganze hier ist ein Fass ohne Boden.

Im Hof hat Peter mit der Fütterung begonnen. Der Storch schlingt aufgetaute Eintagsküken hinunter.

»Er schreitet hier umher wie der König des Hofs. Und er guckt so arrogant«, sagt sie zu Peter, der dem Vogel mit sichtlicher Befriedigung zuschaut. Er lacht.

»Tiere moralisch zu bewerten ist sinnlos. Sie sind, was sie sind. Anders als wir, die wir ständig etwas zu sein vorgeben.«

Rahel verdreht die Augen. »Weiß ich doch. Du musst nicht immer gleich anfangen zu dozieren.«

Sie will an ihm vorbei, aber er hält sie fest.

»Komm mal her«, sagt er, legt seine Arme um sie und streichelt ihren Rücken.

Rahel presst ihren Kopf an seine Brust und schließt die Augen. Fast schämt sie sich dafür, aber eine einzige echte Umarmung genügt, und schon wird sie weich.

Freitag

Heute erwartet Rahel die Post mit Ungeduld. Über die Jahre ist es schwieriger geworden, sich gegenseitig eine Freude zu machen. Sie haben alles, was sie brauchen und noch mehr. Doch am Mittwoch hat sie einer plötzlichen Eingebung folgend zwei Geschenke für Peter bestellt: einen japanischen Grüntee, den er sich wegen des hohen Preises (knapp 60 Euro für 100 Gramm) nur selten gönnt, und einen Bildband mit Fotografien von Dresden im 19. Jahrhundert.

Sie haben das Glück, in der Äußeren Neustadt zu leben, einem Stadtteil, der im Februar 1945 nicht gänzlich zerstört worden ist. Peter hat alles über den Bombenkrieg der Amerikaner und der Briten und den von Arthur Harris befohlenen Luftangriff auf Dresden im Speziellen gelesen. Einmal ließ er einen Bildband auf dem Küchentisch liegen: *Brandstätten. Der Anblick des Bombenkriegs*. Simon muss etwa zehn gewesen sein. Rahel kam zu spät hinzu, sein fassungsloser Blick war auf zwei völlig verkohlte Leichen in Fechterstellung gerichtet, und am Abend stritten Rahel und Peter deswegen.

Bei ihren Spaziergängen durch die Stadt sagt er oft, wie gern er Dresden vor den Angriffen gesehen hätte. Der Bildband ist ein notdürftiger Ersatz, doch hoffentlich einer, der ihn freuen wird.

Sie läuft zum Postkasten, öffnet die Klappe und atmet auf. Tee und Buch sind angekommen.

In den späten 90ern und frühen Nullerjahren haben sie Peters Geburtstag immer mit einer Schar von Freunden in der *Saloppe* gefeiert, einer nah an der Elbe gelegenen Sommerwirtschaft, doch weder die *Saloppe* noch die alten Freunde sind heute noch das, was sie mal waren.

Oder ist es umgekehrt? Haben Peter und sie sich so verändert?

Viele Jahre bestand ihr Bekanntenkreis aus den unterschiedlichsten Menschen. Die ersten Zerwürfnisse hat es wegen der Kinder gegeben. Die Art der Erziehung war Gegenstand heftiger Diskussionen, und manche Verbindung mit allzu lässigen Eltern und ihren schuldlos unsympathisch gewordenen Kindern ließ sich nicht aufrechterhalten.

Eines der befreundeten Paare begann damit, gewaltfrei zu kommunizieren, was unter anderem bedeutete, auf Ironie zu verzichten. Rahel ließ sich anfangs, wenn auch widerwillig, darauf ein, aber

Peter provozierte mit großem Vergnügen und ließ seiner Begabung in dieser Hinsicht freien Lauf. Auch diese Freundschaft hat sich schleichend verflüchtigt.

Andere wiederum forderten im Zuge der gesellschaftlichen Entwicklungen klare politische Bekenntnisse, die weder Rahel noch Peter abgeben wollten. Ihre Ansichten passten zu keinem politischen Lager. Nach den Vorfällen an der Uni distanzierten sich auch einige von Peters Kollegen.

Es bildeten sich lauter neue, kleine, homogene Kreise, die sich gegenseitig so wenig schätzten wie verstanden. Je mehr die Toleranz beschworen wurde, umso stärker nahm sie ab. Das war zumindest Rahels Eindruck. Ein paar sind dennoch geblieben. Henriette und Axel, das Ärztepaar, dessen Söhne mit Selma und Simon befreundet waren und das ganz nah in der Radeberger Vorstadt wohnt.

Enzo, der studierte Historiker, der ein Antiquariat betreibt und in einer winzigen Wohnung darüber haust, und schließlich Cordelia, die Winzerin mit eigenem Weingut in der Nähe von Radebeul. Peter ist vor vielen Jahren beim Elbhangfest mit ihr ins Gespräch gekommen, und nachdem Rahel ihre Eifersucht niedergerungen hat, ist eine intensive Freundschaft entstanden.

Während Rahel zurück zum Haus geht, nimmt

sie sich vor, in Dresden alle einzuladen und mit ihnen nachzufeiern.

In ihrem Zimmer schiebt sie sich einen Stuhl ans Fenster und ruft Ruth an.

Das Erste, was sie hört, sind die Schreie von Möwen. Ruth steht barfuß im Sand, sie schaue gerade aufs Meer, Südseefarbe habe das Wasser heute. Fast türkis sehe es aus. Wunderschön.

»Wo ist Viktor? Wie geht es ihm?«, fragt Rahel.

»Er hat Physiotherapie. Vorhin ist er ein Stück mit mir am Strand spazieren gegangen.«

»Das klingt gut!«, ruft Rahel freudig, doch am anderen Ende der Leitung bleibt es still.

»Ruth? Bist du noch dran?«

»Jaja.« Wieder schweigt sie, dann fragt sie: »Hörst du das, Rahel? Den Wind, die Wellen, die Möwen? Ich stehe manchmal schon um fünf Uhr auf, um die Erste am Strand zu sein. Und immer, wenn ich ein schönes Stück Treibholz sehe, hebe ich es auf und überlege, ob Viktor was damit anfangen kann. Früher sind wir von den Ostsee-Urlauben immer mit Kartons voller Fundstücke zurückgekommen, und dann ist er sofort im Atelier verschwunden und kam tagelang nur zum Essen und Schlafen raus.« Sie lacht, doch es ist ein freudloses Lachen.

»Höre, meine Liebe«, fährt Ruth fort, »ich gehe jetzt schwimmen und melde mich wieder. Vielleicht nicht heute, aber spätestens am Sonntag zu Peters Geburtstag. Mach's gut. Ade, meine Liebe.«

Dann legt sie auf, ohne eine einzige Frage nach den Verhältnissen zu Hause gestellt zu haben.

Wegen der Hitze essen sie drinnen zu Mittag. Rahel hat Sandwiches mit Tomate, Mozzarella und Basilikumpesto gemacht, dazu grünen Salat. Peter stellt ihr ungefragt ein Glas Weißwein hin. Als sie einen skeptischen Blick darauf wirft, sagt er: »Ach komm, wir haben Urlaub.«

Nach dem Essen, beim Kaffee, erinnert sie sich an die Zigarette. Tagelang ist ihr das Rauchvorhaben nicht mehr in den Sinn gekommen, nun aber spürt sie wieder die Verlockung.

Peter redet und redet. Warum zieht er sich nicht in sein Zimmer zurück wie sonst auch? Er gibt ihr keine Gelegenheit zu entkommen. Er habe sich vorgenommen, während der verbleibenden Zeit in Dorotheenfelde jeden zweiten Tag ein Gedicht auswendig zu lernen. Begänne er gleich heute, würde er bei der Heimkehr nach Dresden schon sechs Gedichte können. Gehirntraining. Ein schöngeistiger Vorrat für geistarme Zeiten.

Er schmunzelt. »Du könntest mitmachen.«

Rahel schüttelt den Kopf und schenkt sich Wein nach.

»Ich habe Urlaub.«

Später steht sie in der Haustür und blickt hinaus. Kein einziges Tier ist zu sehen. Blauschwarze Wolken verdunkeln den Himmel, die Luft flirrt. Ein Windstoß treibt Staub an ihr vorüber, und von weither hört sie leises Donnergrollen.

Sie geht die Treppen hinauf. Im Korridor bleibt sie stehen: Seine Tür steht einen Spalt weit offen.

In Peters Zimmer ist es angenehm kühl. Lang ausgestreckt, die Arme hinter dem Kopf verschränkt, liegt er mit geöffneten Hosenknöpfen auf seinem Bett und flüstert Worte vor sich hin. Neben ihm liegt umgeklappt ein aufgeschlagenes Buch.

»Was machst du?«, fragt sie und setzt sich zu ihm.

»Ich memoriere die erste Strophe von Hölderlins *Hälfte des Lebens*.«

»Das kann doch jeder«, entgegnet sie wenig beeindruckt und rezitiert aus dem Stand, von der Wirkung des Weins beflügelt, beide Strophen fehlerfrei.

Verblüfft blickt er sie an, nickt anerkennend, lächelt und schweigt.

Rahel legt sich neben ihn. Sie drückt ihren Kopf

in seine Armbeuge und legt eine Hand auf seinen Bauch. Sein Brustkorb hebt und senkt sich gleichmäßig, und sein Geruch hüllt sie ein. Sie schließt die Augen und schiebt eine Hand in seine Hose.

Verwundert über sich selbst schiebt sie die Hand noch ein kleines Stück weiter, und als sie spürt, wie sein Körper auf die Bewegungen ihrer Finger reagiert, küsst sie ihn. Dann greifen seine Hände nach ihr, seine Bartstoppeln kratzen auf ihrer Haut. Sie lässt sich das Kleid ausziehen und den Slip und obwohl nach einer Viertelstunde alles vorüber ist, kommt es ihr vor, als sei er von einer langen Reise zu ihr zurückgekehrt.

Samstag

Kurz nach Mittag hören sie das Auto.

Sie sitzen mit einem Kaffee auf der Bank neben der Eingangstür, heben synchron die Köpfe und blicken angespannt in Richtung des Hofeingangs. Sie erwarten niemanden, und die Post muss längst durch sein.

Bitte nicht, denkt Rahel. In Peters Augen steht eine ähnliche Angst.

Jetzt, wo sich der Abstand zwischen ihnen verringert, ist alles von außen Kommende nur Störung und Gefährdung.

Langsam fährt das Auto in den Hof ein. Ein Münchner Nummernschild. Peters Gesicht erhellt sich, Rahel springt auf und läuft los.

Auf der Beifahrerseite steigt Selma aus.

»Hallo Mama!«, ruft sie, öffnet dann die Tür zur Rückbank und hebt den verschlafenen Max heraus.

Simon kommt mit federnden Schritten auf Rahel zu. Seine Umarmung ist fest und innig. Sie inhaliert seinen warmen Geruch und fühlt sich augenblicklich zurückversetzt in die Zeit, als sie noch jung und er ein Baby gewesen ist. Von Anfang an hat sie seinen Geruch geliebt, ihn eingesogen und nicht genug davon bekommen können.

»Na? Freust du dich, dass ich dein Prinzchen mitgebracht habe?«, fragt Selma halb augenzwinkernd, halb angriffslustig. Peter schließt sie in seine Arme und streicht Max über die schlafroten Wangen.

»Was macht ihr hier?«, fragt er lachend.

Simon und er begrüßen sich ebenfalls mit einer festen Umarmung, und Selma flötet: »Geburtstagsüberraschung!«

»Aber ich hab doch erst morgen.«

»Morgen Abend muss ich schon zurück in München sein«, erklärt Simon.

Rahel sieht Selma an. »Wo ist Theo?«

»Er wollte nicht mitkommen. Ich habe ihn bei Vince gelassen.«

Sie nickt und wertet es als gutes Zeichen.

Dann legt sie ihre Hände auf Simons Arme und drückt sie fest. Selma stößt einen abfälligen Ton aus. »Wie sie ihn anschaut! Als wäre sie verliebt.«

»Sie haben sich seit Weihnachten nicht mehr gesehen, Selma«, sagt Peter vermittelnd, wirft Rahel aber sofort einen warnenden Blick zu.

»Habt ihr Hunger?«, fragt sie. »Ich kann euch schnell was machen.«

Simon winkt ab. »Schon gut, Mama. Wir haben unterwegs gegessen.«

Ein Hauch Bairisch hat sich in seine Sprache gemischt.

»Hier hat sich nichts verändert«, stellt er nach einem Rundumblick fest. »Hier bleibt die Zeit einfach stehen.«

Eine halbe Stunde später schaut Rahel ihrem Sohn beim Toben mit Max zu.

Simon steht bis zum Bauchnabel im Wasser, hebt Max über seinen Kopf, dann lässt er ihn ganz plötzlich nach unten sausen und tut dabei so, als würde er ihn fallen lassen. Max quietscht vor Vergnügen; auch nach dem zwanzigsten Mal hat er nicht genug. Simon gibt den strampelnden kleinen Kerl an Selma zurück, doch Max springt sofort wieder auf.

Simon streckt sich lang im Sand aus. Sein Körper zeugt von ständigem Sport und gesundem Lebensstil, und Rahel kann nicht anders, als ihn immer wieder anzusehen.

»War ich als Kind auch so anstrengend?«, fragt er grinsend und hält sich dabei Max vom Leib, der von allen Seiten versucht, auf ihn raufzuklettern.

Peters *Ja* und Rahels *Nein* ertönen gleichzeitig, und Selma ruft: »Das war ja klar.«

An Simon gewandt fügt sie hinzu: »In Mamas Erinnerung war nur ich anstrengend.«

»Warst du wahrscheinlich auch«, antwortet er lachend.

Selma schmeißt eine Hand voll Sand nach ihm.

Rahel zwingt sich, woanders hinzuschauen. Am liebsten wäre sie für ein paar Stunden mit Simon allein. Die Unterhaltungen mit ihm sind angenehm, weil er nicht irgendetwas herausplauzt und sich niemals in einen dieser anstrengenden Erregungszustände hineinsteigert, die in den Gesprächen mit Selma die Regel sind.

Max hängt jetzt auf Simons Rücken. Mühelos macht der zwanzig Liegestütze mit dem Kind, dann schüttelt er es seitlich ab, rennt ins Wasser und taucht weg. Max fängt an zu brüllen.

Die einzige Gelegenheit, ihren Sohn eine Weile für sich zu haben, wird der frühe Abend sein, wenn Selma Max ins Bett bringt, denkt Rahel. Dann nimmt sie die Plastiktüte mit Sandspielzeug, schüttet sie neben Max aus, und genauso plötzlich, wie er zu brüllen begonnen hat, hört er auch wieder auf.

Selma ist nah an Peter gerückt. Ihr Kopf lehnt an seiner Schulter, ihr Haar fällt über seinen Rücken.

»Simon ist immer so glücklich«, sagt sie, das Herz auf der Zunge, in vorwurfsvollem Ton.

Peter legt den Arm um sie. »Simon hat sicherlich auch seine schweren Stunden. Außerdem hat er noch keine Kinder. Denk mal an die Zeit zurück, als du –«

»Nein, das ist es nicht«, unterbricht sie ihn. »So glücklich wie er war ich nie.«

Sie schmiegt sich noch enger an ihren Vater – den Oberkörper an die Beine gepresst, den Kopf eingezogen. In dieser Kauerstellung verharrt sie geraume Zeit.

Dann, plötzlich, springt sie auf und hüpft zu Max, lässt sich neben ihn plumpsen, nimmt eine Schaufel und fängt an, eine Burg zu bauen. Alles Grüblerische scheint mit einem Mal von ihr abgefallen zu sein. Mit kindlicher Freude wühlt sie im Sand, schäkert mit dem Kleinen und küsst ihn stürmisch.

Mit den Kindern nach deren Regeln zu spielen, hat Rahel nie gekonnt. Tierfiguren über das Parkett laufen zu lassen und dabei mit verstellter Stimme zu sprechen, einen Puppendoktor oder eine Schwertkämpferin zu mimen, Simon in Verstecken aufzustöbern oder Selma in einem alten Pappkarton wiehernd durch den Flur zu ziehen – all das hat sie zutiefst gelangweilt, und darum hat sie es zu Peters Aufgabe gemacht. Doch der stellte sich in dieser aufgezwungenen Rolle kaum besser an.

»Kinder müssen mit Kindern spielen«, war sein Argument, wenn er sich wieder einmal davonstahl. Sie bezweifelt, dass ihn deswegen Reue plagt. Ihr Gewissen jedoch regt sich deutlich angesichts Selmas Geduld beim Spielen mit ihrem Kind. Es wispert Worte wie *schlechte Mutter, versäumte Zeit* oder *unwiederbringlich verloren.*

Sie geht zu Peter, setzt sich neben ihn, genau an die Stelle, wo Selma gesessen hat, und berührt sacht seinen Arm. Ein kaum sichtbares Lächeln erhellt sein Gesicht. Es ist nur in den Augen erkennbar, und es beruhigt sie.

Am späten Nachmittag, nach einem ausgiebigen Imbiss mit Eistee, Kaffee und Kuchen, hievt Peter den ängstlichen Max aufs Pferd und geht mit ihm eine Runde spazieren.

Simon und Selma laufen zum Findling, um ein paar Nachrichten zu versenden, Rahel bleibt noch ein bisschen sitzen.

Vincents Bemühungen um seine Ehe sind nicht fruchtlos geblieben. Den ersten Termin für eine Paarberatung haben Selma und er in vierzehn Tagen. Die Idee, in Leipzig Illustration zu studieren, ist zwar nicht vom Tisch, aber der Name des Elektroakustikers tauchte in diesem Zusammenhang nicht mehr auf. Stattdessen erzählte sie, dass Vincent zur Sächsischen Aufbaubank Leipzig wechseln könnte. Eine Veränderung täte ihnen womöglich gut.

Simon wiederum hat die Fragen nach seinem Privatleben ausweichend beantwortet. Derzeit seien Lisa und er beide sehr beschäftigt. Wollten ihren Status nicht definieren. Wollten offen bleiben für Veränderungen.

»Blablabla …«, sagte Selma, und Simon musste grinsen.

Rahel fragt sich, mit wem er schreibt, wenn es Lisa wahrscheinlich nicht ist. Keine seiner bisherigen Freundinnen hat ihr besonders zugesagt. Es sind immer die gleichen sportlichen Blondinen mit Pferdeschwanz und makellosen Körpermaßen. Selmas Theorie dazu ist simpel, aber einleuchtend: Es gehe um Sex, sonst nichts.

Selma kommt zuerst zurück. Sie setzt sich neben Rahel und seufzt.

»Alles in Ordnung?«, fragt Rahel pflichtbewusst.

Selma zuckt die Schultern. »Ich möchte es wieder hinkriegen mit Vince, aber ich weiß nicht wie. Wenn er mich anfassen will, erstarre ich. Glaubst du, das geht wieder weg?«

Rahel denkt einen Augenblick nach, dann sagt sie: »Wir hatten solche Probleme auch.«

»Wirklich?« Selma reißt übertrieben weit die Augen auf. Offenbar hat ihre Tochter zwischen Peter und ihr so etwas nicht erwartet. Das, immerhin, haben sie also geschafft: Sie sind den Kindern stabile Eltern gewesen.

»Es gab diese Zeiten immer wieder mal.«

»Und was habt ihr gemacht?«

»Tja«, sagt Rahel. »Wir waren geduldig. Und wir hatten euch.« Sie schweigt für einen Moment, dann fügt sie hinzu: »Wir haben nie das Interesse aneinander verloren, den Glauben daran, dass es mit uns richtig ist. Auch nicht in den schweren Zeiten. Wenn wir uns nicht mehr hätten ernst nehmen können, dann hätten wir es nicht geschafft.«

Selmas Blick geht nach innen.

»Kannst du Vincent noch achten?«, fragt Rahel und fürchtet sich vor der Antwort.

Ohne zu zögern sagt Selma ja.

Sie klingt dabei, als sei sie selbst überrascht, als habe sie sich diese Frage bisher noch nicht gestellt. Dann fragt sie unvermittelt:

»Und wart ihr euch immer treu?«

Damit hat Rahel nicht gerechnet. Zu lügen wäre falsch, doch die Wahrheit ist dem eigenen Kind nicht zuzumuten.

Die Wahrheit ist, dass Peter sie nie zum Glühen brachte. Der Sex ist immer angenehm gewesen, doch niemals zügellos. Darum hat sie ihn betrogen. Und seitdem, seit sie erlebt hat, wie eine kurze Berührung ihren ganzen Körper elektrisiert, wie ein einziger Blick einen heftigen Wärmestrom in ihrem Unterleib erzeugt, weiß sie, dass die Sehnsucht nach diesem Empfinden bleibt.

»Im Herzen schon«, antwortet sie und vermeidet dabei, Selma in die Augen zu sehen. Sie ist erleichtert, als Peter mit Max auf den Schultern und dem Pferd im Schlepptau zum Hof hereinkommt.

Beim Abendessen wirft Selma misstrauische Blicke in Peters Richtung.

Anscheinend verdächtigt sie ihn. Rahel wünschte, den Mund gehalten zu haben.

Peter und fremdgehen. Lächerlich. Dass er sie in all den Jahren laut eigener Aussage nie betrogen hat, ist allerdings weniger eine bewunderungswürdige Leistung als vielmehr Ausdruck seiner Triebverachtung. Sie weiß, es hat Avancen gegeben, aber ohne Erfolg. *Wir sind keine Tiere, wir können uns entscheiden,* lautet sein diesbezügliches Credo.

Auf das Gespräch bei Tisch kann sie sich kaum konzentrieren. Wie gern würde sie Selma von ihrer fixen Idee befreien, und als sie später die erstbeste

Gelegenheit ergreift, starrt ihre Tochter sie entgeistert an.

»*Du* hast ihn betrogen?«

Fast drohend antwortet sie: »Schwing du dich jetzt nicht aufs hohe Ross.«

»Hatte ich nicht vor«, sagt Selma ruhig. Dann, nach einer grüblerischen Pause, fügt sie hinzu: »Meinst du, wir sind wie Großmutter?«

»Nein«, antwortet Rahel schnell und entschieden. »Wie Großmutter sind wir ganz sicher nicht.«

Wie erhofft braucht Selma einige Zeit, um Max zum Schlafen zu bringen, und während Peter in der Küche wirtschaftet, unternimmt Rahel mit Simon den ersehnten Spaziergang. Weit gehen sie nicht, es dämmert bereits, die Tage werden schon merklich kürzer.

Er erzählt ihr, wie er sich auf die Aufnahmeprüfung für die Heeresbergführerausbildung vorbereitet, dass er danach selbst Gebirgsjäger ausbilden will, von den zahlreichen Möglichkeiten, die er als Sportwissenschaftler habe, falls Plan A scheitern sollte.

Was sie immer wieder verblüfft, ist die Klarheit seiner Ziele. Das in seiner Generation übliche Ausprobieren, Abwählen, Neuanfangen, gepaart mit dem Anspruch perfekter Work-Life-Balance scheint Simon nicht zu kennen. Zwischen Arbeit und Leben macht er keinen Unterschied.

»Papa freut sich sehr, dass du gekommen bist«, sagt sie und meint damit vor allem sich selbst.

Simon lächelt. »Früher war Papas Geburtstag für mich ein schrecklicher Tag, weil Uroma Anna auch Geburtstag hatte und wir immer zu ihr zum Kaffeetrinken mussten.«

Uroma Schleuse haben die Kinder sie genannt, weil sie ihren Mann Ernst immer erst durch »die Schleuse« schickte, wenn er nach Hause kam. Er musste im Flur seine Kleider ablegen, ins Bad gehen, sich waschen und frische Sachen anziehen. Erst dann durfte er die anderen Zimmer betreten. Im Wohnzimmer saß er dann meist in seinem braunen Ohrensessel, in eine Wolldecke gehüllt, weil Anna ständig lüftete. Sie behauptete, es rieche nach Rauch, was es nie tat. Als Ernst gestorben war, bemerkte Anna lakonisch: »Wenigstens friert er jetzt nicht mehr.«

»Wir mussten minutenlang unsere Hände waschen, und manchmal bürstete sie unsere Haare, bevor wir reindurften«, erinnert sich Simon. »Und kalt war es bei ihr, weil die Fenster immer offenstanden.«

»Im Winter bei laufender Heizung«, ergänzt Rahel.

»Und dieses eklige Duftspray, das sie immer versprühte.« Er schüttelt sich.

»Sie hatte eine schwere Zwangsstörung«, erklärt Rahel und denkt an Edith, die mit dieser Mutter aufgewachsen war und später jeden engeren Kontakt mit den Enkeltöchtern verhindert hatte.

»Zu dieser bösen Frau gehen wir nicht«, hat Edith ihren Mädchen erklärt. »Die kann Kinder nicht leiden.«

Merkwürdigerweise kam Opa Ernst in dieser Erzählung überhaupt nicht vor. Als existierte er nicht. Dabei war er ein freundlicher, gütiger Mann, der genauso starb, wie er gelebt hatte: leise, ohne jemandem zur Last zur fallen.

Später, allein in ihrem Zimmer, in ihrem Bett, geistert Selmas Frage in Rahels Kopf herum: *Meinst du, wir sind wie Großmutter?* Auch der Schlaf kann die Frage nicht vertreiben. Er schiebt sie nur in tiefere Bewusstseinsschichten, wo sie grässliche Bilder erzeugt, aus denen Rahel zur üblichen Zeit erwacht. Nein, sie sind nicht wie Edith, weder Rahel noch Selma.

Ein ganzes Leben hat sie gebraucht, um aus den Fragmenten, die sie ihrer Mutter abgerungen hatte, ein halbwegs schlüssiges Bild zusammenzusetzen.

Obwohl Jahre nach Kriegsende geboren, war

Edith ein Opfer des Kriegs. Opfer einer Mutter, die im selbstgenähten Faschingskostüm als griechische Göttin durch das brennende Dresden gerannt war, deren goldene Schuhe im von der Hitze schmelzenden Asphalt stecken geblieben waren und die barfuß weiterrannte, bis die Haut Blasen warf. Im Rennen wandte sie sich nach den Brüdern um. Aber hinter ihr war nur ein Flammenmeer.

Und als jene Anna sechs Jahre später ein Mädchen gebar und es Edith nannte, sah niemand, dass das Grauen von damals noch immer in ihr wohnte. Auch Edith erkannte es nicht, doch sie spürte es die ganze Kindheit hindurch. Fortan trieb sie die Suche nach diesem bestimmten Gefühl, das es zwischen anderen ganz selbstverständlich zu geben schien, durchs Leben.

Wie genau es sich anfühlte, wusste Edith nicht. Ihre Vorstellung davon war vage und romantisch. Sie suchte es bei den Schauspielern, Tänzern und Malern, weil die immerhin den Ausdruck des Gefühls beherrschten. Sie suchte bei anderen Versehrten, und was sie fand, waren Alkohol und pralles Leben und Männer, die sie begehrten und das Gefühl für kurze Zeit erzeugten, doch wenn es blasser wurde, suchte sie erneut, und die einzigen Konstanten in ihrem Leben waren Ruth und Viktor.

Doch das Trauma, das ihrer aller Leben prägt,

schwächt sich ab. Von Generation zu Generation verliert es an Kraft. Schon Edith, aus kalter Erstarrung geboren, war selbst nicht kalt und starr. Ihre Liebe war launisch, aber heiß. Und was Selma und Simon angeht: Die Bedingungen, unter denen sie aufwachsen durften, sind nahezu ideal gewesen.

Rahel schließt die Augen und schläft bald darauf ein. Ihre Träume führen sie nun in ruhigere Sphären. Auch Edith kommt vor, doch blasser als sonst, stiller und ungewöhnlich sanft.

Sonntag

Durch das ostseitige Küchenfenster fällt hell das Morgenlicht.

Auf dem Tisch steht ein Blumenstrauß, den Rahel rasch zusammengepflückt hat. Sie sieht Peter mit einem Eimer Hühnerfutter in der Hand über den Hof gehen und rechnet sich aus, dass er etwa in einer halben Stunde mit allen Tieren durch sein wird. Gratuliert hat sie ihm gleich nach dem Erwachen. Nach dreizehn Tagen hat sie das schwarze Leinenkleid weggelegt, ist in ein weißes Blusenkleid geschlüpft und barfuß und auf Zehenspitzen in Peters Zimmer hinübergeschlichen, um ihn mit einem Kuss zu begrüßen.

Nun deckt sie den Tisch, schlägt Eier auf und verquirlt sie mit etwas Sahne, Pfeffer und Salz.

Als sie den Kaffee aufgießt, erscheint Selma mit Max auf dem Arm.

»Krieg ich auch einen Kaffee? Mit warmer Milch bitte.«

Rahel nickt, kümmert sich erst um den Aufguss

von Peters Tee, dann um die Milch und setzt sich schließlich zu ihrer Tochter an den Tisch.

»Habt ihr eigentlich ein Geschenk für Papa?«, fragt sie.

Selma nickt und pustet in ihre Tasse.

»Heiß«, stellt Max mit ernster Stimme fest.

»Ein schönes«, sagt Selma. Dann schaut sie auf, hält ihren Jungen fest umschlungen und sieht Rahel direkt in die Augen.

»Mama?«

»Ja, mein Schatz?«

»Danke, dass du und Papa zusammengeblieben seid. Es ist schön hier, mit Papa, Simon und dir. Es ist schön, eine Familie zu haben.« Ihre großen braunen Augen schimmern feucht, und ihre Lippen zittern ein wenig.

»Ach, mein Liebling«, stößt Rahel aus, springt vom Stuhl hoch und schlingt die Arme um Selmas Schultern. Sie küsst ihre Stirn und streicht ihr die wild abstehenden Haare hinter die Ohren. Sie lachen und weinen gleichzeitig. Max guckt erschrocken zu ihnen hoch, scheint aber zu spüren, dass alles in Ordnung ist, und nimmt den Daumen in den Mund.

Simon steckt seinen Kopf zur Tür rein: »Morgen alle zusammen. Ich geh ne Runde schwimmen, bin in einer halben Stunde wieder da.«

Selma wischt sich die Tränen weg. Die Welle aus Liebe erfasst Rahels ganzen Körper und lässt ihr die Knie weich werden. Auf wackeligen Beinen geht sie zurück zu ihrem Stuhl, greift aber mit beiden Armen über den Tisch nach Selmas Händen.

Nach dem Frühstück packt Peter seine Geschenke aus. Von Selma und Simon bekommt er winzige kabellose Kopfhörer, die er misstrauisch beäugt.

»Ich wusste, dass er so guckt«, sagt Selma zu Simon und erklärt Peter geduldig wie einem Kind die Vorzüge dieser Dinger. Rahel schmunzelt und bezweifelt, dass er sie je benutzen wird, doch als Peter auf Drängen der Kinder hin die Kopfhörer mit seinem Telefon verbindet und eines seiner Lieblingslieder hört – *Hallelujah* in der Version von Jeff Buckley –, erhellt sich seine Miene, und er schreit ihnen zu: »Großartige Klangqualität!«, während sein ganzer Oberkörper mit der anschwellenden Melodie mitgeht.

»Du musst nicht so schreien«, schreit Selma zurück, und Simon schlägt sich mit der flachen Hand gegen die Stirn und lacht.

Als er den Dresden-Bildband ausgepackt hat, vertieft er sich sofort in die historischen Aufnahmen.

Simon und Selma schauen ihm über die Schulter.

»Dresden war wirklich schön«, stellt Selma betrübt fest.

»Mhmm«, macht Peter und blättert weiter. Nach ein paar Seiten hält er inne und sagt: »Tja ... Und dann hast du einen Studenten im Seminar sitzen, der ein T-Shirt mit der Aufschrift *Bomber Harris do it again* trägt.«

»Wie bitte?« Rahel blickt ihn an. »Das hast du mir gar nicht erzählt.«

Er winkt ab. »Jedes Wort dazu ist ein Wort zuviel.«

»Den Spruch habe ich auch schon als Graffiti gesehen«, sagt Selma.

Peter zuckt die Achseln. »Ein Land, in dem junge Menschen nach der eigenen Vernichtung verlangen, hat keine Zukunft.«

»Das sind doch nur ein paar Idioten«, wirft Selma ein.

»Aber Idioten, denen sich kaum einer entgegenstellt. Ich im Übrigen auch nicht mehr.«

Simon hat den Kopf gesenkt und die Arme verschränkt. Seine Kiefermuskeln mahlen.

»Ich diene also einem Land ohne Zukunft«, sagt er scharf. »Ich setze im Ernstfall mein Leben aufs Spiel für nichts, deiner Meinung nach.«

Peter schaut erschrocken auf und klappt das

Buch zu. Er seufzt und reibt sich die Stirn, bevor er antwortet.

»So war es nicht gemeint, Simon. Aber du weißt doch, wie es ist.«

»Deine Haltung macht es aber nicht besser. Du hättest etwas tun können. Den Studenten zur Rede stellen zum Beispiel. Ihn fragen, ob er überhaupt weiß, was er da verkündet.«

»Hätte ich«, stimmt Peter ihm zu. Dann, nach einer nachdenklichen Pause: »Ich habe das immer getan. Habe aufgeklärt, sachlich argumentiert, differenziert. Aber das Kühle, Nüchterne hat in diesen Zeiten keine Chance. Die Konfrontation bringt nichts außer einem Shitstorm in den sozialen Medien. Dafür stehe ich nicht mehr zur Verfügung. Es gibt Wichtigeres.«

»Zum Beispiel?« Simons Ton ist noch immer schroff.

»Euch. Meine Familie, unsere Freunde, gute Bücher …«

»Ah, verstehe«, sagt Simon sarkastisch. »Du nimmst dich also raus aus der Verantwortung.«

»Jetzt ist es genug«, geht Rahel dazwischen. »Dein Vater ist weder verantwortungslos noch feige. Du weißt nicht, was letztes Jahr an der Uni los war.«

Damals hat sie ziemlich oft mit Selma darüber

gesprochen, doch nur einmal mit Simon. Sie hat ihn schützen wollen, er sollte keine Nachteile haben wegen seines Vaters. Im Nachhinein kommt ihr das jämmerlich vor, und wie um das Versäumte aufzuholen, konfrontiert sie ihren Sohn nun mit den Ereignissen aus dem vergangenen Sommer.

In die darauffolgende Stille hinein sagt Peter: »Genug! Ihr seid nur noch ein paar Stunden hier.«

»Aber nicht in der Küche«, sagt Rahel. »Beim Kuchenbacken brauche ich meine Ruhe.«

Sie scheucht alle auf. Simon schnappt sich im Vorübergehen Max, und kurz darauf sieht Rahel durchs Fenster, wie er Hoppe, hoppe Reiter mit dem vor Freude juchzenden Jungen spielt.

Später sitzt sie am Küchentisch, den Blick auf den Ofen gerichtet, den schweren, warmen, süßen Duft des aufgehenden Kuchens in der Nase. Selma hat ihn gemacht. Sie ist die bessere Bäckerin.

Ihre Tochter steht von ihr abgewandt am Fenster. Die Frage, die sie stellt, soll beiläufig klingen, aber Rahel kennt Selma zu gut, um nicht diesen Unterton zu hören. Etwas stimmt nicht.

»Könnt ihr in vierzehn Tagen die Kinder übers Wochenende nehmen? Von Freitag bis Montag? Ihr könnt sie am Montag einfach im Kindergarten abgeben, und ich hole sie nachmittags.«

»Willst du Zeit mit Vince allein haben?«, fragt Rahel und spielt die Arglose.

Selma antwortet nicht sofort. Stattdessen geht sie zum Herd, bückt sich, schaut durch das Glasfenster des Backofens und murmelt: »Sieht gut aus.« Mit scheinbar gleichgültiger Stimme fügt sie hinzu: »Vince fährt an dem Wochenende weg. Kanuwandern auf der Unstrut. Du weißt doch, sein jährlicher Jungsausflug.«

»Schau mich mal an«, fordert Rahel sie auf, und als Selma sich mit Schwung zu ihr umdreht und ihr angestrengt fröhlich in die Augen blickt, weiß Rahel Bescheid.

»Ich dachte, du willst deine Ehe retten.«

Aus Selmas Gesicht weicht nun jegliche Spannung. Mit einem tiefen Seufzer lässt sie sich auf den Stuhl gegenüber fallen. »Will ich doch auch. Aber ich muss herausfinden, ob mein Gefühl für Vince noch stark genug ist.«

»Und du glaubst, das wird dir klarer, wenn du dich mit deinem Liebhaber triffst?«

»Ja!«, presst sie hervor. »Das glaube ich. Vielleicht merke ich ja, dass er gar nicht so toll ist.«

»An einem Wochenende ohne Kinder, ohne Pflichten, ohne Alltag wirst du kaum seine schlechten Seiten kennenlernen, Selma.«

Rahel schüttelt den Kopf. Ihr Blick wandert nach

draußen, wo Peter und Simon lebhaft miteinander sprechen, während Max auf dem Boden sitzt und gebannt auf den Storch starrt, der gravitätisch vorüberstakst.

»Bitte, Mama.«

»Vorhin hast du noch gesagt, wie schön du es findest, eine Familie zu haben.«

»Ja! Ich weiß. Trotzdem! … Wie soll ich es dir beschreiben … Ich bin ganz anders mit –« Sie zögert, seinen Namen auszusprechen, sagt ihn dann aber doch, sehr leise und sehr liebevoll. »… mit Moritz. Irgendwie mehr bei mir selbst.«

Der Tag hat seine Unschuld verloren. Rahel spürt ein Gewicht auf sich lasten. Sie spürt, wie sie kleiner wird, wie ihre Schultern nach vorne sacken, ihre Mundwinkel nach unten fallen.

»Gut«, sagt sie müde. »Aber ich werde deinen Vater nicht belügen. Es ist kein guter Zeitpunkt für Geheimnisse.«

»Papa wird es verstehen«, entgegnet Selma siegessicher, gibt Rahel einen Kuss auf die Wange, schnappt sich ihr Telefon und eilt nach draußen. Rahel sieht, wie sie an Max und den Männern vorbei Richtung Findling rauscht. Ihr ist nach Weinen zumute.

Sie stellt einen Küchenwecker, um den Kuchen nicht zu vergessen. Dann geht sie in den Hof.

Peter telefoniert. Bis zum Mittagessen haben alle, die ihm wichtig sind, angerufen. Ruth sei äußerst kurz angebunden gewesen, habe jedoch versprochen, sich morgen noch einmal zu melden. Henni und Axel haben sogar für ihn gesungen, und er habe sie für das Wochenende in vierzehn Tagen zu einem kleinen Umtrunk eingeladen. Rahel bringt es nicht übers Herz, ihm zu sagen, dass daraus nichts wird, weil sie die Enkelkinder haben werden.

Den Rest der gemeinsamen Zeit verbringen sie mit Baden, Spazieren und Essen. Von Selmas hervorragend gelungenem Kuchen bleibt nur ein kleines Stück übrig. Rahel packt es in Folie und steckt es heimlich Simon in die Tasche.

Kurz nach zwei brechen die Kinder auf. Max wird im Auto Mittagsschlaf halten und Simon trotz des Abstechers nach Dresden noch vor Mitternacht in München ankommen.

Sonderbarerweise fühlt Rahel kein Bedauern über den Abschied. Dabei waren Simon und Selma nur eineinhalb Tage da gewesen. Sie sucht nach einem kleinen Schmerz, aber da ist nichts.

Um fünf Uhr nachmittags öffnet sie die Flasche Crémant, die sie im Kühlschrank gut versteckt aufbewahrt hat, und stößt mit Peter auf seinen fünfundfünfzigsten Geburtstag an. Etwa eine Stunde später liegt sie nackt und erschöpft neben ihm im Bett. Diesmal hat er den Anfang gemacht, und nun fahren seine Fingerspitzen sacht auf ihrem Rücken auf und ab.

»Ich muss mal auf Toilette«, murmelt sie, rührt sich aber nicht vom Fleck. Wenn sie so liegen bleibt, mit angewinkelten Beinen, hält sie es noch eine Weile aus.

»Es war schön mit den Kindern«, sagt er. »Aber ohne sie ist es auch ganz schön.«

Überrascht wendet Rahel den Kopf in seine Richtung. Noch immer bewegen sich seine Finger auf ihrem Rücken, aber nun wie automatisch, wie eine einmal in Gang gesetzte Maschine, die erst aufhört, wenn man sie ausschaltet. Dann, plötzlich, nimmt er die Hand weg und dreht sich auf den Rücken.

»Weißt du«, sagt er, »wenn du dir jetzt einen Liebhaber nehmen würdest, könnte ich damit leben.«

Rahel hält die Luft an, doch Peter spricht unbekümmert weiter.

»Ich glaube nicht, dass uns noch irgendetwas auseinanderbringen kann. Wir könnten ab jetzt auch unkonventionelle Wege gehen, ohne uns dabei zu verlieren. Findest du nicht?«

Er dreht sich zu ihr um, aber Rahel rührt kein Glied.

»Nein«, flüstert sie, »das finde ich nicht.«

Sein Arm umfasst sie, sie spürt seinen Atem im Nacken.

»Ich meine doch nur, dass ich dein Bedürfnis verstehe«, sagt er vorsichtig, und als sie fragt – noch immer unfähig, sich zu bewegen –, was denn mit seinem Bedürfnis sei, folgt eine lange Pause.

»Es ist schön, wieder mit dir zu schlafen«, sagt er schließlich. »Nur könnte ich wahrscheinlich auch gut damit leben, wenn wir es nicht täten. Ich liebe dich. So oder so.«

Die magischen drei Worte verfehlen ihre Wirkung nicht. Langsam löst sich die Lähmung, und das Bedürfnis, auf die Toilette zu gehen, kehrt so heftig zurück, dass Rahel aufspringt und ins Bad stürzt.

Danach legt sie sich nicht wieder zu ihm.

Peter setzt sich auf und fährt sich durchs Haar. »Entschuldige. Ich weiß auch nicht, was mir da vorhin durch den Kopf gegangen ist.«

»Es ist keine gute Idee«, sagt Rahel und fügt nach einer kurzen Pause hinzu: »Ich glaube, du unterschätzt die Dynamik, die ein anderer Mann in unsere Beziehung bringen würde. Glaub mir, es funktioniert nicht.«

Er nickt. »Manchmal kommt mein Verstand auf Ideen –«

»Ja«, sagt sie mit einem tiefen Seufzer. »Manchmal ist dein Verstand wirklich im Weg.«

Woche 3

Montag

Der erste Tag ihrer letzten Woche beginnt mit einem linksseitigen Schmerz, der wie ein elektrischer Schlag vom Po bis in den Unterschenkel hinunterzieht. Der Ischiasnerv hat sie schon öfter außer Gefecht gesetzt. Sie rollt die Yogamatte aus und macht die Übungen, die ihr der Physiotherapeut für solche Fälle gezeigt hatte. Eine Drehung der Wirbelsäule und ein paar gezielte Dehnungen bringen Linderung, doch als später der heiße Duschstrahl auf ihre Kniekehle trifft, zuckt sie erneut zusammen.

Sie schüttelt eine Spinne aus dem Handtuch, sieht ihr beim Flüchten zu – nicht zum ersten Mal – und fragt sich, ob es eigentlich immer dieselbe Spinne ist. Dann rubbelt sie sich trocken, zieht sich eine Jeans und eine bunte Tunika an und geht vorsichtig die Treppen hinunter.

Dass ihr Körper sich von Jahr zu Jahr mehr wie eine launische Diva verhält, verdüstert den Ausblick auf die Zukunft. Aber Rahel hat längst schon beschlossen, den Knochen, Wirbeln, Sehnen, Gelenken, Muskeln und Nerven nicht die Kontrolle über ihr Leben zu überlassen. Manchmal spricht sie sogar mit dem jeweiligen Übeltäter, und heute ist der Ischiasnerv der Adressat ihrer Rede. Sie schwört ihm, durch tägliche Übungen zu seinem Wohlergehen beizutragen, wenn er sie in Ruhe lässt. Nach dem Frühstück nimmt sie dennoch eine Schmerztablette.

Peter sitzt draußen im Hof, umringt von Katzen und vollkommen vertieft in das Pilgerbuch. Er muss sie aus den Augenwinkeln wahrgenommen haben, denn er rutscht ohne aufzusehen ein Stück zur Seite und klopft mit der Hand auf den freien Platz.

»Viktor hat hier etwas reingeschrieben«, sagt er.

»Ach ja? Was denn?«

»Ich wünschte, ich könnte glauben.«

»Das wünschte ich auch«, entgegnet Rahel seufzend. »Und ich weiß, was du jetzt denkst.«

Als die Kinder noch klein waren, hat Rahel aus einer plötzlichen Furcht heraus die Taufe erwogen. »In diesen Verein treten unsere Kinder nicht ein«, entschied Peter kategorisch.

Es kam nicht oft vor, dass er ihr ein derart unnachgiebiges *Nein!* entgegenstellte, doch wenn er es tat, dann hatte Rahel keine Chance. Zumal sie keinen vernünftigen Grund hatte, außer der Tatsache, dass die Taufe sie beruhigen würde.

Sein *Nein* ärgerte und erleichterte sie gleichermaßen. Wie hätte sie den Kindern eine alltägliche Religiosität vermitteln sollen? Sie waren Gottlose in dritter Generation.

Peter stupst sie von der Seite an.

»Na? Ist es mal wieder so weit?«, fragt er spöttisch.

Sie lacht und zuckt hilflos die Schultern.

»Der Glaube ist eine Kraftquelle, die mir nicht zur Verfügung steht.«

»Finde eine andere«, erwidert er ungerührt. Die Einohrige kommt angelaufen, springt auf seinen Schoß, dreht sich einmal um die eigene Achse und rollt sich ein.

»Wenn das so einfach wäre …«

Wieder fährt ihr der Schmerz durchs Bein. Sie legt ihren linken Fuß auf den rechten Oberschenkel und übt mit den Händen leichten Druck auf das angewinkelte, hochgelegte Bein aus.

»Der Ischias?«, fragt er besorgt.

»Woher weißt du das?«

»Weil du das immer machst, wenn er schmerzt.«

»Tja, ich werde alt.«

Ohne darauf einzugehen, fragt er: »Was hältst du

davon, für einen Tag nach Ahrenshoop zu fahren und Viktor und Ruth zu besuchen?«

»Daran habe ich auch schon gedacht«, sagt sie, verlagert ihr Gewicht auf die rechte Pobacke und steht schließlich auf. »So kann ich allerdings nicht stundenlang im Auto sitzen.«

Sie geht ein paar Mal auf und ab, dann legt sie das linke Bein auf die Bank.

Peter spielt mit dem verbliebenen Ohr der schnurrenden Katze. Er stupst es mit der Fingerspitze an und schmunzelt über das darauffolgende Zucken.

»Falls Viktor in der Lage dazu sein sollte – wirst du mit ihm sprechen?«, fragt er und fügt nach einer gedankenvollen Pause hinzu: »Sollte er wirklich dein Vater sein, dann erbst du eines Tages dieses Haus.«

Rahel verharrt noch immer in der schmerzlindernden Bein-hoch-Stellung.

»Daran habe ich auch schon gedacht«, gibt sie zu.

Sie nimmt das Bein langsam runter, geht in die Knie, streckt sich wieder und atmet erleichtert aus. Entweder setzt die Wirkung der Tablette ein, oder die Dehnung hat geholfen – jedenfalls ist vom Schmerz nur noch ein Ziepen übrig.

Peter begleitet sie zum See, obwohl er bereits vor dem Frühstück eine Runde geschwommen ist.

»Was hast du gestern eigentlich mit Simon besprochen? Als ihr im Hof standet?«, fragt sie auf dem Weg zur Badestelle.

»Die Lage der Nation«, antwortet er mit deutlich ironischem Unterton, fügt dann aber ernster hinzu, es sei um das Ansehen gegangen, das Simon als Berufssoldat zu erwarten oder besser nicht zu erwarten habe. Die öffentliche Meinung zum Soldatsein habe sich grundlegend verändert. Ob er sich im Klaren darüber sei, welches Leben er führen würde: häufige Versetzungen, Auslandseinsätze, echte Gefahr und nicht zu vergessen die Ablehnung durch die vielen, die Soldaten für Mörder halten.

»Und?«

Peter zuckt die Achseln. »Er macht es trotzdem. *Irgendjemand muss es machen,* hat er gesagt. *Damit die anderen in ihren bunten Blasen schweben können*. Und damit hat er ja recht.«

Eigentlich hatten sie beschlossen, ihm nicht mehr reinzureden. *Wenn niemand bereit ist, die Bedingungen der Freiheit zu verteidigen, endet die Freiheit,* hat Simon einmal gesagt, und obwohl sie ihm darin zustimmt, bleibt der Widerwille, den eigenen Sohn in dieser Verantwortung zu sehen.

Sie seufzt und schweigt dazu.

»Aber für diesen Staat!«, sagt Peter laut. »Mit seinen Verboten, Geboten und Verordnungen bis in die tausendste Verästelung, der von echter Freiheit überhaupt nichts hält –«

»Peter.« Rahel fasst ihn am Arm. »Nicht.«

Er holt Luft, dann nickt er und schweigt.

An der Badestelle sitzt eine alte Frau in einem sportlichen Badeanzug an einen Baum gelehnt und blickt über den See. Sie dreht sich zu ihnen um, grüßt, packt ihre Sachen zusammen und geht.

»Wir wollen Sie nicht vertreiben«, sagt Peter, doch sie winkt ab und beteuert, sowieso nach Hause zu müssen.

Während Rahel vorsichtig, um den Nerv nicht zu reizen, ein paar Schwimmzüge wagt, denkt sie nicht mehr an Simon, sondern an die Zeit nach ihrem Urlaub. Schon heute in einer Woche, etwa um diese Zeit, wird ihr Jannik B. gegenübersitzen, ein weinerlicher Fünfundzwanzigjähriger. Ihm fehlt jegliche intrinsische Motivation. Jeden zweiten Satz beginnt er mit: »Es ist mein gutes Recht …« Ein bedauernswerter Mensch mit dem Reifegrad eines Kleinkindes.

Rahel hatte viele Stunden gebraucht, um herauszufinden, was in seinem behüteten Leben schiefgelaufen war. Eines Tages hatte er ihr von dem Belohnsystem erzählt, das seine Eltern während seiner gesamten Kindheit angewandt haben: Für jede gute Note bekam er Geld, ebenso fürs Müllrunterbringen, Spülmaschineausräumen oder Einkaufen. Für jede freiwillig erledigte Aufgabe gab es Lob im Übermaß, und er konnte sich nicht erinnern, je von seinen Eltern kritisiert worden zu sein. Die Belohnungen wuchsen mit steigendem Alter und nahmen beachtliche Dimensionen an. Das Selbstbild, das sich daraus formte, kollidiert mit einer Welt, die ihm nicht im gleichen Maße Aufmerksamkeit und Bewunderung entgegenbringt.

Gleich danach wird Susanne L. hereinkommen, eine Achtunddreißigjährige, die kürzlich ihr erstes Kind bekam. Sie hatte eine Hausgeburt gewollt, musste aber in letzter Minute ins Krankenhaus. Nun überwiegt bei ihr nicht die Freude über das kerngesunde Baby, das vor dem drohenden Sauerstoffmangel durch einen Kaiserschnitt gerettet worden ist, sondern die Annahme, wegen des gewaltsamen Eingriffes an einem schweren Trauma zu leiden. Sie und ihr Mann hätten sich das alles ganz anders gewünscht – mit schöner Musik und bewusstem Erleben und natürlich ohne Klinikpersonal. In der ersten Sitzung konnte Rahel sich nicht verkneifen zu erwähnen, dass Frau L. das Leben ihres Kindes diesem Personal zu verdanken hat. Nichtsdestotrotz beharrt die Frau auf ihrem Leid. Ein Trauma, dessen Ursprung in der Diskrepanz zwischen Wunsch und Wirklichkeit liegt.

Dann, nach einer Kaffeepause, wird Rahel den einunddreißigjährigen Hannes F. empfangen, der seit seinem exzessiven Marihuanakonsum als Teenager unter Psychosen leidet, noch nie länger als ein paar Monate am Stück gearbeitet hat, am liebsten chillt und nur ein Thema kennt: das bedingungslose Grundeinkommen. Hätte er es, so würde er alle möglichen Projekte umsetzen, und wenn Rahel ihn dann fragte, warum er es nicht einfach tue, würde er antworten, weil ihm das Amt im Nacken sitze und er genug damit zu tun habe, den Jobs zu entkommen, die ihm angeboten würden. Alles unter seinem Niveau, würde er kopfschüttelnd sagen. Psychisch nicht zumutbar.

Satte Zeiten bringen schwache Menschen hervor, denkt sie, ohne sich selbst davon auszunehmen.

Die Geduld für ihre Klienten hat bedenklich nachgelassen. Es wird höchste Zeit für eine Supervision; gleich nach dem Urlaub wird sie einen Termin ausmachen.

Rahel taucht den Kopf unter Wasser, ergibt sich der Schwerelosigkeit und lässt die Gedanken an die Arbeit los. Sie treiben davon, auch der Schmerz ist verflogen, der Augenblick ist perfekt. Sie taucht wieder auf, blickt zum Ufer, wo Peter mit hochgekrempelter Hose im flachen Wasser steht, und wünscht sich, immer auf diesen Moment zurückgreifen zu können.

* * *

Am späten Nachmittag kommt Ruths Anruf. Viktor gehe es deutlich besser, berichtet sie munter – ein regelrechter Sprung in der Genesung. Sie könne es sich nicht erklären, aber er habe heute Morgen zum ersten Mal wieder von etwas Zukünftigem gesprochen, und das sei doch ein Zeichen dafür, dass er Mut fasse. Mit seiner Feinmotorik sei es zwar nicht weit her, an künstlerische Arbeit nicht zu denken, aber seine Sprache verbessere sich, sie dehnten die Spaziergänge aus, und sein Appetit wachse von Tag zu Tag. Auch werde sein eigentliches Wesen wieder sichtbarer. Am Morgen habe er einem Pflegehelfer, der ihn wie ein Kleinkind angesprochen hatte, unwirsch geantwortet, er sei alt, aber kein Idiot. Und beim Mittagessen habe er ihr einen Witz erzählt.

»Ach Ruth«, sagt Rahel, »da bin ich froh.«

Peter, der mit verschränkten Armen am Fuß der Treppe steht, zeigt sie lächelnd einen hochgehaltenen Daumen. Dann fragt sie in den Hörer hinein: »Was hältst du davon, wenn wir euch besuchen? Am Donnerstag zum Beispiel.«

Ruth schweigt einen Moment.

»Besuchen«, wiederholt sie schließlich. »Warum eigentlich nicht? Aber ich muss erst Viktor fragen. Vielleicht wird es ihm zu viel.«

Noch nie ist es möglich gewesen, mit nur einem der beiden eine Absprache zu treffen. Immer hieß es: *Da muss ich Viktor fragen* oder: *Fragen wir erst Ruth*.

Wie viele Entscheidungen hat sie getroffen, ohne Peter zu fragen? Wie oft hat er erst am Nachmittag erfahren, dass abends Gäste kommen würden? Wie oft hat sie den Urlaubsort festgelegt, Möbel gekauft, Renovierungen in Auftrag gegeben?

Nachdem Ruth sich verabschiedet hat, geht Rahel ein paar Schritte auf Peter zu.

»Hattest du je das Gefühl, ich sei zu dominant?«

Er lacht laut heraus. »Sagen wir es so, deine Entscheidungen waren immer eher Dekrete.«

»Aber das hast du mir nie gesagt!«, murmelt sie, und eine Spannung baut sich in ihr auf.

»Oh doch, das habe ich!«, erwidert er. »Aber

Aye, aye, Käpt'n! oder *Jawohl!* oder *Zu Befehl, Frau Generalin!* war wohl nicht deutlich genug.«

Und noch während er es sagt, wächst aus der Spannung eine jähe Wut. Seine ganze Art kommt ihr mit einem Mal herablassend vor. Diese zur Schau gestellte Überlegenheit, seine arrogant subtilen Bemerkungen. Was bildet er sich eigentlich ein?

»Was ist los?«, fragt er, und die Arglosigkeit in seiner Stimme reizt sie erst recht.

»Was soll los sein?«, zischt sie. »Außer natürlich, dass ich schuld bin! Weil ich deine in Ironie verpackten Hinweise nicht berücksichtigt habe, musstest du leiden.«

»Ich habe nicht gesagt, dass ich gelitten habe. Du hast das Thema doch angesprochen!« Er sieht sie verwirrt an. »Es ist nicht einfach, dich zu kritisieren. Du kannst ziemlich einschüchternd sein. Ich weiß nicht, ob dir das klar ist.«

Das hätte er nicht sagen sollen. Als hätte er alle Schleusen geöffnet. Eine Flut aus angestautem Ärger ergießt sich über ihn. Wegen all der Tage, an denen er sie ausgeschlossen hat, all der Stunden seiner verletzenden Selbstgenügsamkeit und wegen des zahmen Sex, der ihren Hunger nie stillte. Der Wille kann hier nichts mehr ausrichten. Denn gewollt hat sie das keineswegs. Nicht einmal gewusst hat sie es. Während die Worte aus ihr herausströmen, erschrickt sie über die Heftigkeit, und als schließlich alles gesagt ist, steht sie vollkommen erschöpft vor ihm.

»O Gott, entschuldige bitte, entschuldige.«

Doch statt zornig zu sein, sagt er nachsichtig:

»Irgendwann läuft das Fass über, nicht wahr? Irgendwann passiert es einfach. Ich verstehe das.«

»Nein!«, brüllt sie. »Das verstehst du eben nicht! Bei dir läuft es ja nicht über!«

»Da irrst du dich, Rahel«, entgegnet er scharf. »Du hast ja keine Ahnung, was hier drinnen« – er tippt sich an den Kopf –, »was hier drinnen los ist.«

Und dann geht er.

Ganz petermäßig ohne weitere Worte.

Später steht sie vor seiner geschlossenen Zimmertür und hofft, er möge ihre Anwesenheit spüren. Hat er sie nicht kommen hören? Die Dielen knarren bei jedem Schritt, selbst das Gewichtverlagern erzeugt ein Geräusch. Sie horcht und denkt dabei an etwas, das Peter im Frühjahr zu ihr gesagt hat. Wegen des Virus begannen die Menschen, große Bögen um einander zu machen. Sie sei eine dieser Personen, denen man ausweicht, während er zu jenen gehöre, die anderen den Vortritt ließen. Beim Wandern im Gebirge, auf schmalen Pfaden, bleibe Rahel stets auf dem Pfad, während die Entgegenkommenden sich an Felswände drückten oder einen Hang erklommen, um ihr Platz zu machen.

»Du passt ins Leben«, sagte er. »Du bist mit einer solchen Selbstverständlichkeit in der Welt, während ich –« Er vollendete den Satz nicht.

Damals hat sie nicht weiter darüber nachgedacht, nun aber kommen ihr die Worte wie der Schlüssel zu jener Tür vor, hinter der sich sein Inneres offenbart.

Es ist so still bei ihm drinnen –

Sie legt die Hand auf die Klinke, zögert, nimmt sie wieder weg und geht mit festen Schritten in ihr Zimmer hinüber.

Dienstag

Die Hand an ihrer Schulter ist kühl, und der Geruch von frisch gebrühtem Kaffee steigt ihr in die Nase.

»Nicht erschrecken«, flüstert Peter.

»Wie spät ist es?«, murmelt sie.

»Kurz nach sieben.« Er nimmt seine Hand weg und räuspert sich.

»Du standest gestern vor meinem Zimmer«, sagt er. »Ich habe dich gehört. Ich wollte aufstehen, die Tür öffnen und mit dir sprechen. Ich wollte es wirklich. Aber ich konnte nicht. Alles an mir war wie gelähmt.«

Sie setzt sich auf, nimmt die Schiene aus dem Mund und greift nach der Kaffeetasse, die er ihr hinhält.

»Meine Einsamkeit ist manchmal so groß …« Seine Arme heben sich, seine Hände greifen in die Luft und sinken wieder herab. »Immer wenn ich dir davon erzählen will, finde ich keine Worte. Oder ich finde sie, kann sie aber nicht aussprechen.«

Er schweigt einen Augenblick, blickt aus dem Fenster.

»Ich habe nur ganz selten das Gefühl, dass du mich wirklich verstehst, Rahel. Vielleicht hast du deine ganze Geduld schon bei deinen Patienten aufgebraucht.« Ein bitteres Lachen entfährt ihm. »Du hättest einen Optimisten heiraten sollen. Einen fröhlichen Machertyp.«

Sie hasst es, wenn er solche Dinge sagt. Nach fast dreißig gemeinsamen Jahren will sie nicht von ihm hören, dass ihr Leben ein Irrtum sei.

»Lass das, Peter«, entgegnet sie schroff, fügt dann aber etwas milder hinzu: »Ich verlange doch nicht, dass du ein anderer wirst.«

Er lächelt sie müde an, und für den Bruchteil einer Sekunde, wie in einem Zeitrafferbild, kann sie den alten Mann in ihm erkennen, der er einmal sein wird.

»Ich liebe dich«, sagt sie. »Und ich will, dass wir es zusammen schaffen.«

Rahel lehnt ihren Kopf an seinen Rücken, umfasst ihn und hält ihn fest. Dann steht sie auf, geht ins Bad auf die Toilette, und als sie zurückkehrt, liegt er in ihrem Bett.

Seine Augen sind geschlossen, sein Atem geht gleichmäßig. »Ich schlafe nicht«, murmelt er.

Sie küsst seine Stirn und geht leise hinaus.

Während sie lustlos an ihrem Toast knabbert, schreibt sie die Einkaufsliste.

Schon der Gedanke daran raubt ihr die Kraft. Je weniger sie tut, umso schwächer scheint sie zu werden. Zum ersten Mal seit Beginn des Urlaubs vermisst sie den engen Takt des Alltags, das gute Gefühl, hundert Dinge unter einen Hut gebracht zu haben und am Abend rechtschaffen müde zu sein. Ein Leben ohne Pflichten reizt sie kaum.

Sie faltet den Zettel zusammen, sieht in den Hof hinaus und wird von einer Erinnerung angefallen.

Sie muss etwa acht Jahre alt gewesen sein. Edith, Tamara und sie waren über den Jahreswechsel nach Dorotheenfelde gefahren, und ein heftiger Schneesturm hatte eingesetzt. Es schneite tagelang. Meterhohe Schneewehen rund um Haus und Hof schnitten sie von der Außenwelt ab.

Viktor und ein zweiter Mann – damals lebte noch eine der anderen Familien im Haus – schaufelten den Eingang frei, und mitten im Hof türmte sich bald darauf ein Schneeberg. Es war bitterkalt, und weder Rahel noch Tamara waren ausgestattet für einen solchen Winter. Tamara wurde mit ihrem Spielzeug auf ein Fell vor dem Küchenofen gesetzt, aber Rahel zog es nach draußen. Mit Hilfe der beiden Männer schaufelte sie einen Gang durch den

Schneeberg im Hof, und in der Mitte erweiterten sie den Gang zu einer Höhle. Rahels Strickhandschuhe waren im Nu nass und steif gefroren, durch das grobmaschige Gewebe ihrer Mütze pfiff der Wind, und ihre Ohren schmerzten vor Kälte. Irgendwann jedoch saß sie im Inneren des Schneehaufens, und es war still. Eine Stille, wie nur Schnee sie schaffen kann. Auch der Sturm hatte nachgelassen, und als Rahel auf der anderen Seite der Schneehöhle herauskroch, glänzten einzeln fallende Schneeflocken silbrig in der Sonne. Geblendet vom gleißenden Licht und der Schönheit und der Winterstille blieb sie lange sitzen. So lange, bis jemand (Viktor?) sie packte und nach drinnen in die Küche trug, wo man sie auszog und ihre tauben Füße in eine Wanne mit kaltem Wasser tauchte, bis die Füße zu kribbeln und zu schmerzen begannen, und jemand (Ruth?) ihr eine Apfelsine schälte und ihr die Stücke auf eine Gabel gespickt in den Mund schob. Sie weinte vor Schmerz und aß dabei die süße Apfelsine, und die Erwachsenen stritten sich, wer sie da draußen vergessen hatte. Edith rannte schließlich weinend aus der Küche. Das tat sie immer, wenn es ihr zu viel wurde. Sie führte nie ein schwieriges Gespräch zu Ende; früher oder später schrie sie: »Ist ja schon gut! Ich bin schuld! Wer sonst?«

Die Erinnerungen kommen, wie sie wollen. Heute, nach über vierzig Jahren, an einem Sommertag, kann Rahel die Tränen ihrer Mutter sehen. Sie kann die Apfelsine schmecken und ihre halb erfrorenen Füße spüren. Die Trauer darüber, damals in Viktor nicht ihren Vater erkannt zu haben, schnürt ihr die Kehle zu, und wenn es noch irgendeinen Zweifel gegeben hat, ob sie weiter nachforschen sollte, so ist er nun verflogen.

Sie schnappt sich zwei leere Einkaufstaschen, geht zum Auto und kommt sich vor wie auf den letzten Metern vor einem Ziel. Bald wird sie Viktor gegenüberstehen. Dann wird sie es wissen. Selbst wenn er ihr keine Antwort gibt, an seinen Augen wird sie es sehen.

Kurz hinter dem Findling klingelt ihr Telefon. Sie stoppt den Wagen.

»Hey«, sagt Selma fast liebevoll. »Wollte nur mal fragen, ob nächstes Wochenende klappt.«

Rahel verdreht die Augen. Daher weht der Wind.

»Ich habe noch nicht mit deinem Vater gesprochen.«

»Wieso nicht?«

»Hat sich noch nicht ergeben. Wir hatten hier unsere eigenen Themen«, erwidert sie.

Es poltert und scheppert bei Selma im Hintergrund.

»Max ist mit dem Laufrad gegen den Schrank gekracht«, erklärt sie seelenruhig.

»Und was macht Theo?«

»Gute Frage.« Rahel hört, wie Selma Theos Namen ruft, dann ist es ein paar Sekunden still.

»Mama? Bist du noch dran?«

»Jaja«, antwortet Rahel ungeduldig.

»Theo hat sich die Haare abgeschnitten. Ich muss jetzt auflegen. Aber sag Bescheid, wenn du mit Papa gesprochen hast.«

Langsam fährt sie die Straße zum Dorf runter. Links oben macht sich ein Zahn bemerkbar. Schon seit Tagen kann sie ihn fühlen. Es ist kein Zahnweh; sie spürt lediglich, dass er da ist. Dieses Spüren ist eine Ankündigung. Früher oder später wird der Schmerz kommen.

Im Dorf ist heute der Bäckerwagen da. Er steht vor dem ehemaligen Konsum.

Als Kind ist sie immer mit einem Kribbeln im Bauch die drei Stufen zum Laden hochgestiegen. Die Auswahl schien ihr hier viel größer als zu Hause in Dresden. Wahrscheinlich irrte sie sich. Vermutlich lag es daran, dass Viktor ihr kaufte, was sie sich wünschte.

Sie parkt das Auto und stellt sich ans Ende der Schlange. Die alten Frauen schwatzen im Zungenschlag der Region. Sie schimpfen auf die Kanzlerin und über die Trockenheit, lüften die Masken und stellen fest, dass es früher nicht besser war, aber weniger verrückt. Amüsiert hört Rahel ihnen zu. Die Wartezeit vergeht ihr fast zu schnell.

Während der Weiterfahrt in die Stadt wandert ihre Zunge immer wieder zu dem Zahn, drückt ihn, befühlt ihn, will ihn beschwichtigen und beruhigen; es ist, als sei er aufgewacht und verlange jetzt Aufmerksamkeit. Der Gedanke an die Höllenpein früherer Zahnschmerznächte jagt ihr Kälteschauer über den Rücken. Unwillkürlich beschleunigt sie das Auto.

In der Kaufhalle packt sie den Wagen so voll, dass sie bis zum Ende ihres Urlaubs versorgt sind und ihre Nachfolger noch eine ordentliche Reserve vorfinden werden.

Nur noch vier Tage.

In der Kassenschlange telefoniert eine junge Frau. Sie plappert laut und fröhlich über ihre Depression. Ihre äußere Aufmachung spricht zwar dagegen – Make-up, Lippenstift, Mascara, Frisur, alles tadellos –, aber die Maßstäbe haben sich nicht umsonst verändert. Der ICD-10-Katalog, die internationale Klassifikation psychischer Störungen, wurde über die Jahre verfeinert. Galten zu Anfang von Rahels Berufszeit ein paar Wochen Schwermut durchaus als normal, als vorübergehender Durchhänger, fallen sie jetzt unter die affektiven Störungen Nummer F32.0, F32.1 und F32.2 – die verschiedenen Ausprägungen der Depression. Wessen Symptome länger als zwei Wochen anhalten, der darf als krank eingeschätzt werden.

Manchmal fragt sie sich, ob die ganze Psychologie nicht ein riesiger Irrtum ist – eine zeitgeistgemäße Bewertung gewöhnlicher Seelenzustände. Eine permanente Überinterpretation. Angeblich ist ein Viertel aller Kinder psychisch auffällig. Sollte das stimmen, schlittern sie alle zusammen in eine gesellschaftliche Katastrophe hinein.

Laut sagt sie so etwas selten. Nicht aus Angst, damit Anstoß zu erregen, sondern weil es umso mehr Wahrheit bekommt, je öfter sie es ausspricht. Auch Peter gegenüber meidet sie das Thema. Sie fürchtet sich vor seiner Zustimmung, die ihre Zweifel nur verstärken würde. Denn trotz allem liebt sie ihren Beruf, und sie weiß von ihren Klienten, dass sie oft wirklich helfen konnte.

Als die Einkäufe gescannt sind, blättert Rahel zwei Hunderter hin, fängt sich deswegen einen genervten Spruch von der Kassiererin ein und wünscht ihr trotzdem einen schönen Tag. An einem Eiswagen draußen auf dem Parkplatz kauft sie sich ein Softeis Schoko-Vanille und setzt sich bei geöffneter Tür auf den Fahrersitz ihres Autos.

Der Zahn reagiert nicht auf kalt.

* * *

Bei einem späten Spaziergang durch die Felder greift Peter nach ihrer Hand. Baila trottet hinter ihnen her, bleibt aber stur auf Peters Seite.

Die sanften Hügel der Uckermark ziehen sich in Bögen bis zum Horizont. Das Getreide ist reif, der Himmel weit. Über ihnen kreist ein Rotmilan, den Rahel für einen Bussard gehalten hat. Peter reicht ihr das Fernglas.

»Na gut«, gibt sie zu, als der Vogel sich in eine Kurve legt und sie den tief eingekerbten, rötlichen Schwanz sieht.

»Es gibt noch so vieles, mit dem ich mich beschäftigen könnte. Ornithologie zum Beispiel«, sagt er froh. »Alles macht mir mehr Lust als das, was mich an der Uni erwartet.«

»Vielleicht hast du Glück, und das Virus kommt dir zu Hilfe.«

Ein spitzbübisches Lächeln erhellt sein Gesicht.

Dann erzählt sie ihm von den alten Frauen am Bäckerwagen und dass sie die früheren Zeiten nicht für besser, aber für weniger verrückt halten. Sie weiß, das gefällt ihm. Sofort übersetzt er das Gesagte in seine eigene Sprache. »Es gibt keine Tatsachen mehr, nur noch Konstrukte. Das macht die Menschen irre. Sie spüren, dass es nicht stimmt, aber sie kriegen es immer wieder gesagt. So lange und so oft, bis sie dem eigenen Gefühl nicht mehr vertrauen.«

Rahel lächelt. »Die alten Damen trauen ihrem Gefühl noch«, bemerkt sie.

»Aber die alten Damen sterben bald«, entgegnet Peter.

* * *

Es ist schon dunkel, als Ruth sich meldet. Sie klingt ein wenig beschwipst und gibt zu, zusammen mit Frauke, der Freundin, bei der sie wohnt, schon die zweite Flasche Wein zu leeren. Es gehe ihr prächtig. Sie habe einen herrlichen Tag mit Viktor am Strand verbracht, in einem Strandkorb mit Picknick.

»Stell dir vor«, erzählt sie fröhlich. »Er wollte baden gehen!« Sie habe ihn nur mit Mühe davon abhalten können. Als sie den Besuch erwähnt habe, hätte er sie angeguckt wie ein verschrecktes Reh, sagt sie lachend und fügt hinzu: »Aber kommt ruhig her. Wenn möglich, am Donnerstag.«

Peter sitzt noch am Schreibtisch.

Von hinten betrachtet, im fahlen Licht der kleinen Lampe, wirkt er plötzlich greisenhaft.

»Ruth hat angerufen«, sagt sie leise. »Wir könnten am Donnerstag hochfahren.«

»Ist gut.«

Er dreht sich zu ihr um, nimmt die Brille ab und ist wieder jung. »Komm mal zu mir«, sagt er.

Er zieht sie auf seine Beine – ihren kleinen leichten Körper –, umfasst ihre Taille, verbirgt seinen Kopf an ihrer Brust und macht ein wohliges Geräusch, wie ein zufriedenes Kind. Sofort versteift sie sich. Sentimentale Männer erträgt sie nicht. Gefühlvoll, zärtlich, ja. Aber das? Sie ist nicht seine Mutter.

Rahel stößt sich ab. Unter dem Vorwand, auf die Toilette zu müssen, verlässt sie fluchtartig sein Zimmer.

Später kehrt sie noch einmal zurück. Er liegt schon im Bett; sein distanzierter Blick sagt ihr, dass er verstanden hat.

»Tut mir leid«, lügt sie. »Ich bin angespannt. Mein Zahn.«

Sie zeigt auf ihre linke Wange und macht ein säuerliches Gesicht. Dann legt sie sich zu ihm, rollt sich zusammen und vergräbt sich in seiner Umarmung.

Was er alles nicht weiß über sie:

Dass sie manchmal bei lauter Musik singend durch die Wohnung tanzt.

Dass sie Phantasien hat. Unaussprechliche.

Dass sie heimlich betet.

Dass sie Angst hat, ihn zu verlieren.

Dass sie befürchtet, selbst für den Verlust zu sorgen.

Dass sie niemals für sich die Hand ins Feuer legen würde.

Dass ihr Gewissen leichter wäre, wenn es ihm auch so ginge.

Dass es unerträglich wäre, wenn es ihm auch so ginge.

»Halt mich fest«, sagt sie.

Und er tut es und küsst ihr Haar, und in ihr wird es wieder ruhig.

Mittwoch

Kurz vor drei Uhr in der Nacht stürzt Rahel schwindelig und schweißüberströmt ins Bad. Danach sitzt sie eine gute Stunde zitternd im Bett und wartet auf die Wirkung der Schmerztablette. Sie sinkt in einen Dämmerschlaf, aus dem sie halbstündlich hochschreckt, schleppt sich kurz nach halb sieben zur Toilette, schleicht später in Peters Zimmer, um ihm zu sagen, dass sie in die Stadt zu einem Zahnarzt fährt.

Die Körperspannung der Ärztin deutet auf eine Sportlerin hin. Jede Bewegung sitzt. Sofort entspannt sich Rahel ein wenig und überlässt sich vertrauensvoll dieser Frau.

Ein Kältespray wird auf einen winzigen Wattebausch gesprüht und dieser an Rahels Zahn gehalten.

Nichts.

»Vitalitätstest negativ«, sagt die Ärztin zur Schwester.

Rahel wird geröntgt und muss warten.

Zurück im Behandlungszimmer die wenig überraschende Nachricht: Die Wurzel ist entzündet. Eine Wurzelbehandlung sei allerdings schwierig, weil der Zahn drei lange, stark gekrümmte Wurzeln habe. Unwahrscheinlich, ihn dauerhaft ruhig zu kriegen.

Eine gute Stunde später, nachdem Rahel alle möglichen Formulare ausgefüllt und unterschrieben und damit versichert hat, nach dem Eingriff nicht selbst Auto zu fahren, verlässt sie die Praxis mit einem dicken, blutdurchtränkten Tupfer im Mund. Sie beißt noch eine Weile darauf, dann spuckt sie ihn in ein Taschentuch und fährt los.

Peter erwartet sie mit sorgenvollem Blick. Er bringt ihr einen Kühlakku, den er in ein sauberes Geschirrtuch geschlagen hat, setzt sich zu ihr aufs Bett und streicht ihr über den Arm.

»Schon gut«, nuschelt sie. »Heute Abend geht's mir wieder besser.«

Doch sein Gesichtsausdruck bleibt ernst.

»Es gibt schlechte Nachrichten«, sagt er. »Als du weg warst, klingelte mehrfach das Telefon. Ich bin erst nicht rangegangen, weil ich dachte, es wäre nicht für uns, aber dann –« Er hält einen Augenblick inne. »Viktor wird vermisst.«

»Was?«

»Er muss die Rehaklinik sehr früh verlassen haben, noch vor dem Schichtwechsel des Pflegepersonals am Morgen. Bisher gibt es keine Spur von ihm.«

Kraftlos greift Rahel nach ihrem Telefon, das sie während der Behandlung lautlos gestellt hatte. Drei entgangene Anrufe von Ruth.

»Ruth vermutet das Schlimmste«, fährt Peter fort. »Viktor hat zwar keinen Abschiedsbrief hinterlassen, aber er kann wohl auch nicht mehr schreiben. Sie haben die Polizei verständigt und die Küstenwache. Sollte er ins Wasser gegangen sein, besteht kaum Hoffnung. Seit gestern gibt es hohen Wellengang mit starker Unterströmung. Selbst ein guter Schwimmer –«

»Aber nein«, flüstert sie. »Das geht nicht.«

Sie schaut Peter an.

»Wir können nichts tun«, sagt er.

Sie fühlt sich wie von Wasser eingeschlossen. In ihren Ohren rauscht es. Das Meer, denkt sie, so klingt das Meer. Doch dann wird aus dem Rauschen ein Brausen, und ein heftiger Drehschwindel erfasst sie. Peter ist rechtzeitig mit dem Eimer bei ihr. Sie übergibt sich in einem einzigen Schwall und sinkt aufs Bett zurück. Peter reicht ihr einen Waschlappen und schafft den Eimer weg.

In ihrer linken Gesichtshälfte wirkt die Anästhesie noch nach, die Taubheit reicht bis hinter das Auge. Aber allmählich erwacht der Wundschmerz und vereinigt sich mit jenem anderen Schmerz, dem mit keiner Tablette beizukommen ist.

Auf dem Nachttisch liegt die Elfe mit dem abgebrochenen Flügel. Rahel greift danach, streichelt die Bruchstelle und betet leise.

Die folgenden beiden Stunden verbringt sie in hilfloser Hoffnung. Das Telefon liegt neben ihr, und als eine Nachricht von Selma eingeht, in der sie schon wieder nach dem kommenden Wochenende fragt, antwortet Rahel nicht.

Sie sieht Viktor vor sich, wie er mit ihr an einem Herbsttag am Seeufer sitzt und schnitzt. Seine Hände bewegen sich mit geschmeidiger Sicherheit, er summt ein Lied.

Welches Lied?

Sie schließt die Augen, beschwört die Erinnerung, aber die Töne verschwimmen, und dann verschwimmt auch das Bild, und ein anderes tritt an seine Stelle.

Edith, nachdem der Krebs zurück war. Edith in ihrem lauten Leiden.

Sie raucht und hustet und rennt wie ein Tier im Käfig durch ihre kleine Wohnung. Ihr wütendes

Klagen über das Schicksal beginnt mit ihrer Mutter Anna. Dann kriegt ihr Vater sein Fett weg, weil er ein stummer Dulder war. Dann die Männer im Allgemeinen, der Kapitalismus, die Beutemacher aus dem Westen, und schließlich war Viktor dran gewesen. Aber was genau hat sie gesagt?

Später, während ihres tapferen Sterbens, hat es solche Ausbrüche nicht mehr gegeben. Die letzte Prüfung bewältigte sie meisterhaft. Auch Viktor kam noch einmal, blieb aber nur kurz. Ob sie allein geredet haben, ob Ruth dabei gewesen ist – Rahel weiß es nicht mehr.

Es gibt zu vieles, was sie nicht weiß.

Hätte sie Zeit mit Viktor gehabt, sie hätte ihn danach gefragt.

Mit Schrecken bemerkt sie, dass sie bereits von seinem Tod ausgeht, und als das Telefon klingelt, rechnet sie mit der Bestätigung.

Es ist Frauke. Es gebe nichts Neues, die Suche sei noch im Gange, und Ruth habe sich kurz hingelegt.

Am frühen Nachmittag rafft Rahel sich auf und macht sich frisch. Ihr Gesicht ist kaum geschwollen. Sie sieht besser aus, als sie sich fühlt.

Prophylaktisch schluckt sie eine Schmerztablette, steigt die Treppen hinunter und findet Peter im Hof.

»Hast du schon was gehört?«, fragt er.

Sie hebt hilflos die Arme. »Sie suchen noch.«

»Selma hat sich gemeldet«, sagt er. »Sie fragt, ob wir nächstes Wochenende die Kinder nehmen. Du wüsstest schon Bescheid?«

Außerstande, ihm jetzt die Zusammenhänge zu erklären, gibt sie lediglich ein Stöhnen von sich.

Peter legt einen Arm um sie und zieht sie sacht zu sich heran. »Wir schaffen das alles«, flüstert er.

Das ist der Mann, den sie liebt. Der keine Worte von ihr verlangt, wenn sie keine hat. Der weiß, was in diesem Moment das Richtige ist. Sie schließt die Augen, überlässt sich seiner Umarmung und redet sich ein, dass Viktor nur einen langen Spaziergang macht.

Die Nachricht kommt während des Abendessens.

Ruth ist selbst am Telefon. Ihre Stimme zittert kein bisschen, als sie die Geschehnisse knapp zusammenfasst. Die Küstenwache habe Viktor vor einigen Stunden gefunden. Seine Leiche sei weit abgetrieben worden, es müsse ihm gelungen sein, ein gutes Stück hinauszuschwimmen, bevor er ertrank. Niemand kann es sich erklären.

Sie habe ihn bereits identifiziert und sei nun schon wieder bei Frauke im Haus. Es gebe einiges zu regeln, aber vermutlich komme sie am Samstag.

Auf Rahels Frage, ob es ihr helfen würde, wenn Peter und sie in Ahrenshoop wären, sagt sie kurz und entschlossen nein. Etwas milder fügt sie hinzu: »Ihr helft mir am meisten, wenn ihr in Dorotheenfelde alles in Ordnung haltet.«

»Natürlich«, verspricht Rahel. Und dann schweigt sie, weil jedes weitere Wort in ein Schluchzen münden würde.

»Ade, meine Liebe«, sagt Ruth. Und legt auf.

Peter bleibt bei ihr in dieser Nacht.

Matt liegt sie neben ihm und hört ihm zu. Er bewundert Viktors Tat. Welche Entschlusskraft ihn angetrieben haben müsse. Wie viel Mut ihm der Gang ins dunkle Wasser abverlangt habe.

Sie denkt, wie feige man sein muss, um dem eigenen Kind nicht zu sagen, dass es das eigene Kind ist. Aber vielleicht ist alles nicht wahr, vielleicht vernebelt die Sehnsucht ihr Denken.

Ob Vater oder nicht – der Verlust trifft sie tief. Bald gibt es niemanden mehr, der ihnen vorausgeht. Peters Eltern leben beide nicht mehr, Edith ist seit elf Jahren tot und nun Viktor. Nach Ruth werden Peter und sie die Nächsten sein; es ist sinnlos, darüber zu klagen.

Einmal werden sie alle bezwungen sein.

Donnerstag

Ein bisschen hat sie geschlafen.

Dort, wo gestern Morgen noch der Zahn gewesen ist, spürt sie die Fäden, aber kein Blut mehr und keinen Schmerz.

Peter ist schon aufgestanden, sie hat es gespürt, ohne die Augen zu öffnen, nur den kühlen Luftzug an Armen und Nacken.

Ein Blick aus dem Fenster sagt ihr, dass es noch früh sein muss. Im schattenlosen, fahlen Licht setzt sie sich auf und denkt an Ruth. Wie soll sie hier in Zukunft alles bewältigen? Noch ist sie rüstig und gesund, doch das Haus, die Tiere und das riesige Grundstück sind zu viel für eine einzelne Person. Sie wird verkaufen müssen.

Jetzt ist es so weit, denkt Rahel. Ab jetzt überwiegen die Verluste die Gewinne. Unwillig schüttelt sie den Kopf, steht auf, wankt ins Bad hinüber und spült ihren Mund mit Wasser aus. Dann zieht sie sich an und geht in die Küche runter.

Nach dem Frühstück informiert sie die Kinder. Simon geht nach dem zweiten Klingeln ran. Er sagt, was man sagt, wenn Dinge wie diese geschehen, und Rahel weiß, dass dieser Tod nichts am Ablauf seines Tages ändern wird.

Mit Selma spricht sie länger. Sie sagt freundliche, kluge Dinge über Viktor, besonders über seine Arbeit. Und dann weint sie, und das Weinen ihrer Tochter tut Rahel gut. In der Trauer ist sie ihr plötzlich ganz nah.

Vor Jahren einmal hat sie zu Selma gesagt: »Ich wünsche dir eine Tochter, die so ist wie du.«

Der Wunsch war eine Verwünschung gewesen. Ein wütender Fluch.

Würde sie die Worte heute wiederholen, würde sie es anders meinen.

Bevor Rahel auflegt, nach einer sekundenlangen Pause, sagt sie ihrer Tochter, dass sie sie liebt.

Die Erschöpfung reicht jetzt bis in die Fingerspitzen. Sie stützt ihr Gesicht in die Hände, wartet auf Peter, wartet auf Besserung, doch es kommen nur neue Tränen und eine Ohnmacht, der sie nichts entgegenzusetzen hat. Neben Viktors Tod beweint sie all die Worte, mit denen sie Selma verletzt hat.

Was soll sie nur anfangen mit diesem Tag?

Als Peter hereinkommt und sie fragt, ob er ihr irgendetwas Gutes tun könne, verneint sie.

Dann, schon wieder an der Tür, sagt er: »Ich bin beinahe froh, dass ich es hinter mir habe.«

»Was meinst du?«

»Den Tod der Eltern.«

Sie nickt und wischt die Tränen weg.

Peters Mutter ist nach jahrelanger Abhängigkeit von Schlaftabletten und Antidepressiva früh an Demenz erkrankt und mit siebzig Jahren in einem Heim gestorben. Sein Vater war da schon ein paar Jahre tot. Schwer übergewichtig hatte er einen Herzinfarkt kurz nach Rentenbeginn nicht überlebt.

Das Verhältnis der Eltern zum Sohn war distanziert. Peter hatte sich ihnen durch Bildung entfremdet. Der Stolz überwog, doch etwas mit ihm anfangen konnten sie nicht mehr. Sie nannten ihn immer nur den *Herrn Professor.*

Ihr Lebensthema war die verlorene Heimat gewesen. Ostpreußen für den Vater, Niederschlesien für die Mutter. Doch so oft es Peter ihnen auch anbot – sie weigerten sich, gemeinsam mit ihm die Orte ihrer Kindheit aufzusuchen, und später, nach ihrem Tod, fuhr Peter nach gründlicher Vorbereitung alleine los, um ihre und seine Wurzeln zu finden.

Wonach soll Rahel forschen? Sie weiß ja nicht einmal, ob sie Viktor als Freundin betrauern muss oder es als leibliche Tochter tun darf.

Auf Ediths Seite ist ihre Mutter Anna die einzige Überlebende der Familie gewesen. Annas Mutter und die Brüder kamen bei den Luftangriffen auf Dresden ums Leben, der Vater, ein Jurist, starb in russischer Gefangenschaft. Außer ihrem nackten Leben rettete Anna nichts. Alles, was Zeugnis von der Existenz ihrer Familie hätte geben können, verbrannte in der Bombennacht. Später nahm sie den erstbesten Mann von den wenigen zur Auswahl stehenden, bekam eine Tochter und wurde Lehrerin.

Sollte irgendetwas von der gründlich zerstörten Bürgerlichkeit der Familie erhalten geblieben sein, dann allenfalls ein selbstbewusster Gestus, den Anna zuweilen zeigte, der auch Edith nachgesagt worden ist und den Peter manchmal an Rahel wahrnehmen will.

Sie haben beide nicht genug geforscht. Nicht genug gefragt, als sie noch fragen konnten. Sie waren zu beschäftigt mit dem Wechsel des Systems, dem Umlernen, dem Lernen überhaupt, dem Geldverdienen, dem Kinderaufziehen, dem Reisen und Westlichwerden, dem Anpassen. Dann dem Innehalten, Stutzen und Verweigern und Sichbesinnen auf das eigene Denken, die eigene Erfahrung. Doch als sich ihre Identitäten geschärft und gefestigt hatten und sie bereit gewesen wären, den nahestehendsten Personen die naheliegendsten Fragen zu stellen, da waren die Antwortgeber tot. Ab der Jahrtausendwende starben sie hintereinander weg, trotz unterschiedlichster Lebensalter. Edith überlebte ihre eigene Mutter nur um ein lächerliches Jahr.

Den ersten Anflug von Kraft nutzend, hastet Rahel ins Atelier. Zielgerichtet steuert sie auf den Graphikschrank zu, öffnet die Schublade mit den Zeichnungen von Edith und ihr und räumt das ganze Fach aus. Sie zieht weitere Schubladen auf. Gierig greift sie nach allem, was in Verbindung zu ihrem Leben zu stehen scheint. Sie klatscht Blätter auf den Stapel – Zeichnungen, Radierungen, Skizzen, und obendrauf packt sie das Pilgerbuch.

Ihr Blick geht einmal ringsum.

Trägt die Holzskulptur dort nicht die Züge ihrer Mutter? Und das Maserknollenmädchen da hinten? Ist das nicht ihr Gesicht?

Ihre Augen erfassen jetzt alles. Als hätte sie das wahre Sehen gerade erst gelernt.

Kaputtmachen will sie. In wilder Lust die feinen Zeichnungen mit einem dicken Rotstift übermalen und tiefe Kerben in die Holzskulpturen schlagen.

Wäre Peter nicht gekommen, sie hätte es Viktor heimgezahlt.

Er führt sie in den Hof hinaus.

Die Art, wie er sie anschaut und auf sie einredet, empört sie. Als sei sie ein verwirrtes Kind.

»Mir geht es gut«, wehrt sie ab. »Du musst dir keine Sorgen machen.«

Wenig überzeugt bleibt er dicht bei ihr stehen.

»Ich bin nur wütend«, faucht sie, »wie kann Viktor es sich so einfach machen?«

»Dass es einfach für ihn war, glaube ich nicht.« Er seufzt und knetet dabei die Hände. »An seinen Arbeiten darfst du dich jedenfalls nicht vergreifen, Rahel.«

Ein paar Tränen laufen ihr über die Wangen. Sie wischt sie weg, atmet tief ein und denkt an den Kopfschmerz, der ihr blüht, wenn sie erst richtig anfängt zu weinen.

»Das weiß ich selbst«, entgegnet sie trotzig.

Er hält ihr ein Taschentuch hin. Sie schneuzt sich die Nase und sagt: »Die Zeichnungen von meiner Mutter und mir nehme ich mit.«

Er greift nach ihrer Hand und fängt an sie zu streicheln.

»Nicht«, fährt sie ihn harsch an, entschuldigt sich aber sofort.

»Ist schon gut.«

Etwas Boshaftes regt sich in ihr. Sie möchte ihm seine Vernunft um die Ohren hauen, doch ohne seine Besonnenheit und ohne seinen gütigen Blick wäre sie im Moment verloren.

Dann gehen sie auseinander – Peter zurück ins Haus, Rahel noch einmal ins Atelier. Sie schnappt sich den Stapel Zeichnungen, nimmt auch das Buch, den Tabak und die schon fertige Zigarette mit und trägt alles in ihr Zimmer hoch.

Ein bisschen kühler ist es geworden, als sie am Nachmittag mit Peter ins Dorf fährt. Sie trägt eine leichte Strickjacke und ist froh, nur mitzufahren und keine Entscheidungen treffen zu müssen.

Beim Fischer holt Peter Futternachschub für den Storch, geräucherte Forelle für Rahel und Aal für sich selbst. Sie wartet im Auto, den Kopf an die Scheibe gelehnt.

Wisst ihr schon? Viktor ist tot!, denkt sie.

Wie oft ist er wohl mit dem Fahrrad hierhergekommen, hat ein Schwätzchen gehalten, sich nach dem Fischbestand in den umliegenden Seen erkundigt und über die zugezogenen Öko-Berliner gelästert. Er konnte jovial sein, wenn ihm der Sinn danach stand. Und er redete mit jedem. Er machte keinen Unterschied zwischen oben und unten,

Geld und kein Geld, Bildung oder nicht. War ihm schnurzpiepegal.

Viktor ist tot.

Er konnte derb sein, wenn es nötig war. Unverblümt war er sowieso. Glasklar in seiner Auffassung von Kunst, vernichtend zuweilen in seinem Urteil, denn er besaß das Wissen und das Entscheidungsvermögen, es zu fällen. Niemals hätte er seine tägliche Arbeit mit den Worten *Ich fühle mich motiviert* begonnen. Er hätte sich schlappgelacht über jemanden, der so spricht.

Viktor ist tot.

Er konnte viel trinken und groß reden, stark lieben und laut lachen und Menschen vor den Kopf stoßen. Nicht aus Boshaftigkeit, sondern aus Freiheitsliebe. Er nannte Schlechtes schlecht und Gutes gut und sagte niemals *sozusagen*.

Viktor ist tot. Sie hat nicht gewusst, wie hart es sie treffen würde.

Peter verstaut die Einkäufe auf der Rückbank und fährt los. Am schiefen Sackgassenschild biegt er ein, dann über den Plattenweg, die Anhöhe hinauf, am Findling vorbei bis in den Hof.

Das Herz wird ihr schwer.

Der Storch steht vor dem Eingang, als sei er der neue Herr.

Freitag

In der frühen Morgendämmerung übermannt sie der Schlaf.

Es ist fast elf Uhr, als sie die Augen wieder öffnet. Im halbwachen Zustand hat sie kurz geglaubt, dass alles nur ein böser Traum gewesen sei. Das sind die schlimmsten Momente. Wenn der Schrecken der Wirklichkeit den Schrecken der Nacht übertrifft.

Peter tut sein Bestes. Er sagt nicht zu viel und nicht zu wenig. Ist einfach da und nimmt sie mit auf die Pferderunde.

Beim Gehen fällt ihr auf, wie ähnlich er Viktor ist. Wie eine sanftere Version von ihm, ohne die scharfen Kanten, aber mit der gleichen inneren Unnachgiebigkeit gegenüber dem, was er als falsch empfindet. Das Alle-Optionen-offen-Halten liegt ihm nicht. Genau wie Viktor schließt er die Türen vor Heuchlern und Scheinheiligen.

»Gib mir ein Zeichen, wenn ich still sein soll«, sagt er, doch es tut gut, ihm zuzuhören.

Auch er lag wach in dieser Nacht. Hat nachgedacht, über den Tod und das Leben.

»Mit allem, was wir tun, mit jeder kleinsten Handlung formen wir unser Leben und unsere Persönlichkeit. Bewege ich mich zu wenig, werde ich krank, treibe ich Sport, geht es mir besser. Wenn ich schlechte Bücher lese, wirkt das Schlechte in mich hinein und aus mir heraus. Lese ich gute Bücher, wirkt das Gute in mich hinein und aus mir heraus. Wenn ich lüge, verkrümme ich etwas in mir. Sage ich die Wahrheit, richte ich es wieder auf.«

Sie schaut ihn an. »Klingt, als läge das Schicksal in unserer Hand.«

»Nein, das meine ich nicht. Ich weiß, dass wir vieles nicht entscheiden. Wir sind nicht voraussetzungslos in die Welt gekommen.«

Rahel nickt. »Eine der großen Fehlannahmen unserer Zeit: Dass jeder Mensch bestimmen könne, wer er sei. Jeder Mensch ein kleiner Gott. Als gäbe es nichts Gesetztes. Als gäbe es kein Vorher.«

Mit dem *Vorher* landet sie erneut bei Viktor. Es spielt keine Rolle, worüber sie sprechen. Alle Worte führen zurück zu ihm.

Selma ruft am frühen Abend an.

»Wie geht es dir, Mama?«, fragt sie und klingt dabei ehrlich besorgt.

Rahel berichtet das Sagbare, untertreibt, gibt sich stärker, als sie ist. Sie tut, was Eltern eben tun.

Dann, als wäre es eine Nebensächlichkeit, erwähnt Selma das kommende Wochenende. Das habe sich erledigt.

»Was ist passiert?«

»Tja.« Selma schnieft und putzt sich die Nase. »Ich habe Moritz erklärt, was los ist. Dass ihr noch nicht wisst, wie es weitergeht. Wann Viktors Beerdigung ist, ob Ruth Hilfe braucht, diese Dinge eben. Dass ich nicht weiß, ob ihr die Kinder nehmen könnt.«

»Und?«

»Er war beleidigt.« Ihre Stimme rutscht hoch. »*Er* war beleidigt. Weil ich es nicht möglich gemacht habe, ihn zu sehen.«

»Ein Narzisst«, stellt Rahel nüchtern fest. »Überzogene Anspruchshaltung. Leichte Kränkbarkeit.«

»Du sagst es.«

»Und nun?«

»Solltet ihr Zeit haben«, sagt Selma leise. »Also … Vince würde sein Jungswochenende verschieben …«

Ohne weiteres sagt Rahel: »Das machen wir so.«

Auf der Suche nach Peter umrundet sie einmal den ganzen Hof.

Er hört sie nicht kommen. Er hat die Kopfhörer in den Ohren und singt in seinem hölzernen DDR-Englisch … *and love is not a victory march, it's a cold and it's a broken Hallelujah.*

Dabei streut er Hühnerfutter auf den Boden und wird von den Tieren umringt wie ihr König. Vor dem Gehege steht der Storch, sein treuer Begleiter. Neben ihm sitzt die Einohrige. Das Ganze ist absurd. Unwirklich, wie ein bewegtes Märchenbild.

Nur die Technik stört. Und der schlechte Gesang.

Unauffällig, um ihn nicht zu beschämen, zieht Rahel sich zurück.

Sie geht von Zimmer zu Zimmer und findet keine Ruhe. Der Ort ist ihr zu viel geworden. Ein Impuls befiehlt: Weg von hier. So schnell wie möglich. Als sei das Leben auch von hier gewichen, als habe Viktor es im Augenblick seines Todes herausgesogen.

Wie im Traum wandelt Rahel umher, berührt Gegenstände, streicht über staubige Oberflächen, stöbert in der Sammlung aus Hunderten Schallplatten und findet im Wohnzimmer in einem der Bücherstapel ein Fotoalbum.

Darin auch ein Bild von Edith und Ruth. Sie stehen nebeneinander am Ufer des Sees, jung, in langen Sommerkleidern. Ruth eine strahlende Schönheit, doch mit dem kalten Hauch, der alles Perfekte umgibt. Auch Edith ist schön, aber in ihrem Gesicht ist das Gebrochene zu sehen, in ihrer Haltung etwas Lauerndes.

Die Zukunft ist bereits in ihnen angelegt.

Samstag

Als sie Ruth erblickt, muss Rahel sich zusammennehmen, um nicht laut zu schluchzen.

Wie immer trägt Ruth ihr Haar als Knoten im Nacken, hat Augen und Mund dezent geschminkt, aber der Ausdruck in ihrem Gesicht –

Wie gefroren.

Sie begrüßt Rahel und Peter mit einer angedeuteten Umarmung, sieht sich einmal um, fragt dies und das, ohne wirklich anwesend zu sein. Sie lässt sich von Peter die Taschen ins Haus tragen, wird von den Katzen umringt, schenkt aber keiner von ihnen Beachtung. Ihre Augen wirken groß, weit aufgerissen. Ihre festen nackten Arme sind sonnengebräunt, sie trägt ein langes schwarzes Kleid.

Rahel schweigt.

Peter sagt: »Komm erst mal an.«

Ruth verschwindet in Viktors und ihrem gemeinsamen Schlafzimmer.

Beim Mittagessen, das sie unangerührt stehen lässt, wandert Ruths Blick immer wieder zum Atelier hinüber. Sie nippt an ihrem Wasserglas und erklärt ihnen mit einer merkwürdig veränderten Stimme den weiteren Ablauf. Wann die Überführung der Leiche erfolge, wie sie sich die Trauerfeier vorstelle. Hilfe benötige sie keine. Frauke käme für ein paar Tage, das genüge. Rahel und Peter sollten sich auf einen Beerdigungstermin in etwa zwei Wochen einstellen. Ob die Übernachtungsplätze im Haus reichen würden, wisse sie noch nicht. Es sei anzunehmen, dass viele von weither kämen.

Ein paar Katzen schleichen um den Tisch, Ruths Augen bewegen sich unruhig.

»Wo ist die Einohrige?«, fragt sie.

Peter schaut sich um. »Ich habe sie seit gestern nicht mehr gesehen.«

»Sie ist ihm die Liebste gewesen«, murmelt Ruth.

Nach dem Essen steht sie auf und sagt: »Entschuldigt mich bitte.«

Peter macht sich auf, um die Katze zu suchen.

Hastig springt Rahel hoch, räumt den Tisch ab, eilt in ihr Zimmer und fängt an zu packen. Die Zeichnungen kommen ganz unten in den Koffer, darüber die Kleider und Bücher und alles andere, was sie nicht mehr braucht. Die Zigarette samt

Feuerzeug steckt sie in ihre Handtasche. Sie räumt das Zimmer auf, wischt einmal durch, lüftet und geht dann ein letztes Mal zur Badestelle, wo sie von plötzlichem Mut beflügelt weit hinausschwimmt, bis in die Mitte des Sees.

Auf dem Rücken treibend, mit geschlossenen Augen, denkt sie an Viktors letzte Sekunden.

Ist er erstickt, wie die meisten Ertrinkenden? Oder hat salziges Meerwasser seine Lungen gefüllt? Was hat er gedacht? Konnte er noch etwas denken? Ist Rahel ihm vor Augen gestanden? Ruth? Oder Edith? Oder hat die Panik alle Bilder und alles Denken ausgelöscht?

Sie dreht sich um und schwimmt zum Ufer zurück. Mit kraftvollen Zügen bewegt sie sich vorwärts, legt sich zum Trocknen nackt in den Sand, blinzelt in die Sonne und ist froh, am Leben zu sein.

Später begleitet sie Peter auf seine letzte Pferderunde. Seine Suche nach der Katze war erfolglos geblieben. Er wirkt bedrückt und sagt nicht viel.

Baila geht dicht neben ihm, stupst ihn hin und wieder an der Schulter, als ahne sie den nahenden Abschied.

Erst zur Abendbrotzeit kommen sie wieder zusammen, doch keiner von ihnen hat Appetit. Ruth lobt die Pflege von Garten, Haus und Tieren. Sagt, dass es hier selten so ordentlich gewesen sei, und verfällt gleich darauf wieder in abweisendes Schweigen.

In ihren Weingläsern sammeln sich Essigfliegen, Wespen schneiden kleine Stückchen aus einer Kochschinkenscheibe und fliegen mit ihrer Beute davon, eine Spinne krabbelt mitten über den Tisch.

Noch eine Nacht, denkt Rahel, nur noch eine Nacht.

»Ich geh noch mal nach der Katze suchen«, sagt Peter unvermittelt, steht auf und läuft los.

Ruths Anblick ist kaum zu ertragen. Ihr innerer Abgrund verbirgt sich hinter der äußeren Maske, aber seine Anziehungskraft ist so groß, dass Rahel unwillkürlich ihren Stuhl ein Stück vom Tisch wegrückt. Und dann, ohne Vorwarnung, stellt sie die Frage.

Sie spricht die unerhörten Worte so ausdruckslos wie möglich, und als sie *Vater* sagt, schaut Ruth ihr ruhig in die Augen.

»Ich wusste, es würde dir früher oder später auffallen«, antwortet sie.

Der Verdacht sei ihr gekommen, da müsse Rahel etwa acht gewesen sein. Es sei der Jahreswechsel

78/79 gewesen, als nach einem Schneesturm, wie sie ihn noch nie erlebt hatten, im halben Land der Strom ausfiel und Panzer eingesetzt wurden, um von der Außenwelt abgeschnittene Menschen zu versorgen.

Was Ruth dann erzählt, deckt sich ziemlich genau mit Rahels Erinnerung.

Viktor fand das halb erfrorene Mädchen hinter einem riesigen Schneehaufen im Hof. Es war bitterkalt. Sie saß neben dem Ausgang der Höhle, die sie in den Schneeberg gegraben hatten. Edith und Ruth waren der Meinung gewesen, Rahel hielte sich in einem der Schlafzimmer oben auf. Keine von beiden war auf die Idee gekommen nachzusehen. Viktor war völlig außer sich gewesen. Niemand wusste, wie lange Rahel draußen gesessen hatte, aber so klein und leicht und unzureichend angezogen, wie sie war, musste ihr Körper rasch ausgekühlt sein. Sie hatte die Augen halb geschlossen und rührte sich nicht, als Viktor sie entdeckte. Sofort hob er sie auf und trug sie in die warme Küche. Er hielt sie fest an sich gedrückt und brüllte Edith an. In seinem Gesicht stand neben dem Zorn noch etwas anderes: nackte Angst.

»An diesem Abend habe ich ihn geradeheraus gefragt«, sagt Ruth. Nach einigen Sekunden fügt sie hinzu: »Er hat es abgestritten.« Sie hebt die

Hände, lässt sie wieder sinken. »Im Übrigen war alles nur halb so schlimm. Du hast nicht mal einen Schnupfen bekommen.«

»Er hat es abgestritten«, wiederholt Rahel. »Hast du ihm geglaubt?«

Ruth zuckt mit den Schultern. »Ich wollte es glauben.« Sie seufzt, ihr Blick geht nach innen. Dann sagt sie: »Als Edith ins Hospiz kam, als man noch halbwegs mit ihr sprechen konnte, da habe ich auch sie gefragt. Sie hat mich angesehen. Eine ganze Weile hat sie mich angesehen. Dann hat sie nein gesagt und die Augen geschlossen.«

Rahel nickt und verpuppt sich in ein Schweigen, in dem sie alles noch einmal abwägt. Die Fragen, die Antworten, die Glaubwürdigkeit. Und gerade, als sie bereit ist, es für heute gut sein zu lassen, sagt Ruth: »Er wollte immer, dass du eines Tages das Haus bekommst. Vielleicht ist das Antwort genug.«

Sie schauen sich an. Nichts steht mehr zwischen ihnen. Ruths Augen sind trauerleer.

Als Peter sich nähert, sitzen sie schon lange stumm beieinander, jede vertieft in eigene Erinnerungen.

Das Erste, was Rahel auffällt, ist sein freier Oberkörper. Dann sieht sie das Bündel in seinem Arm.

»Ihr werdet es nicht glauben«, sagt er und legt

das Etwas, das er in sein Hemd gewickelt hat, auf einen Stuhl neben Ruth. »Sie lag hinter dem Mirabellenbaum.« Er schlägt den Stoff zur Seite.

Das Maul der Einohrigen steht leicht offen. Ihre Augen sind nur halb geschlossen, der Körper schon steif.

Ein eiskalter Schauer läuft über Rahels Rücken.

Ruth lächelt. Sie legt eine Hand auf das tote Tier und nickt kaum merklich mit dem Kopf.

Sonntag

Ade, meine Lieben«, sagt Ruth, als sie ins Auto steigen.

Langsam fahren sie vom Hof. Ruth geht ihnen bis zum Findling hinterher. Meister Adebar folgt ihr in sicherem Abstand.

Zum ersten Mal steht sie ohne Viktor dort, hebt die Hand zum Abschied, winkt ein bisschen. Hinter ihr flattert der Storch so heftig mit den Flügeln, dass er ein paar Zentimeter vom Boden abhebt. Fast fliegt er.

Rahel hat sich über die Lehne ihres Sitzes gebeugt und ruft wieder und wieder »Tschüss!«

Tränen laufen ihr übers Gesicht. Sie winkt wie eine Besessene und fängt an zu schluchzen.

Kerzengerade steht Ruth da. Die Kraft für ein letztes Lächeln fehlt.

Hinter Rahels verschleiertem Blick zieht die Landschaft wie ein impressionistisches Bild vorüber, und als auch das Dorf hinter ihnen liegt, gibt Peter

Gas. Bei heruntergelassenen Fenstern jagen sie die lange Baumallee entlang, den Fahrtwind im Haar und den staubigen Duft des späten Sommers in der Nase, und Rahel holt die Zigarette aus ihrer Handtasche. Der Tabak ist mittlerweile so trocken, dass er herausbröselt. Peter schmunzelt, als sie sie anzündet.

Er legt die Gundermann-CD ein, sucht ihr Lieblingslied, und als der Refrain einsetzt, dreht Rahel den Lautstärkeregler hoch.

… immer wieder wächst das Gras,
wild und hoch und grün,
bis die Sensen ohne Hast
ihre Kreise ziehn.

Danksagung

Ich möchte mich bei allen bedanken, die zum Gelingen dieses Buchs beigetragen haben:

Philipp Keel, der als Verleger wieder volles Vertrauen in meine Arbeit hatte, Ursula Bergenthal, die mir als Cheflektorin mit Mut und Rat zur Seite stand, Ruth Geiger, die mir in jeglichen Belangen eine zuverlässige Ansprechpartnerin war und allen anderen Mitarbeitenden bei Diogenes, die auf ihre Weise Teil des Entstehens gewesen sind.

Besonderer Dank gilt meiner Lektorin Kati Hertzsch, deren Kompetenz und ehrliche Freude an unserer gemeinsamen Arbeit ich so sehr schätze.

Ich danke meiner Familie für die Unterstützung und meinen Freunden für die Inspiration.

Und ich danke P. und T. für die Sommertage voriges Jahr in ihrem Haus am See. Dort setzte ich mich in einem ruhigen Moment an den Schreibtisch, sah eine Weile aus dem Fenster, hatte unverhofft eine Idee und begann die ersten Sätze des Romans zu schreiben.

Zitatnachweis

Seite 5: Aus *Versuch über den Menschen. Einführung in eine Philosophie der Kultur* von Ernst Cassirer. Erschienen 1990 bei S. Fischer, Frankfurt a. M., S. 30.

Seite 74: Aus *Über den Wolken* von Reinhard Mey, der auch die Lyrics schrieb. Erschienen 1974 auf dem Album *Wie vor Jahr und Tag* bei Intercord.

Seite 162: Aus *Der Waldgang* von Ernst Jünger. Erschienen 2014 bei J. G. Cotta'sche Buchhandlung Nachfolger GmbH, gegr. 1659, Stuttgart, S. 12.

Seite 204, 260: Aus *Hallelujah* von Leonard Cohen, der auch die Lyrics schrieb. Erschienen 1984 auf dem Album *Various Positions* bei Columbia. Die Coverversion von Jeff Buckley erschien 2007 ebenfalls bei Columbia auf dem Album *Grace*.

Seite 270: Aus *Gras* von Gerhard Gundermann, der auch die Lyrics schrieb. Erschienen 1992 auf *Einsame Spitze* bei BuschFunk.